U0588817

每一颗种子都有爱的心

MEIYIKE ZHONGZI DOUYOU AI DE XIN

王国军 主编

江西教育出版社
JIANGXI EDUCATION PUBLISHING HOUSE

图书在版编目（CIP）数据

每一颗种子都有爱的心 / 王国军主编 . -- 南昌 ：江西
教育出版社，2015.7（2019.7 重印）
（悦读文库）
ISBN 978-7-5392-8208-4

Ⅰ．①每… Ⅱ．①王… Ⅲ．①故事－作品集－中国－当代
Ⅳ．① I247.8

中国版本图书馆 CIP 数据核字（2015）第 167883 号

悦读文库

每一颗种子都有爱的心
MEIYIKE ZHONGZI DOUYOU AI DE XIN
王国军 / 主编

江西教育出版社出版
（南昌市抚河北路 291 号 邮编：330008）
各地新华书店经销
日照教科印刷有限公司
720 毫米 ×1000 毫米 16 开本 13.5 印张 字数 165 千字
2015 年 8 月第 1 版 2019 年 7 月第 2 次印刷 印数 10000 册
ISBN 978-7-5392-8208-4
定价：28.00 元

赣教版图书如有印制质量问题，请向我社调换 电话：0791-86710427
投稿邮箱：JXJYCBS@163.com 来稿电话：0791-86705643
网址：http://www.jxeph.com

赣版权登字 -02-2015-406
·版权所有 侵权必究·

目 录

第一辑 用德做人，为德做事

第二辑　伸出手来爱

第三辑　接受你感恩的心

第四辑　善良的馈赠

第五辑　原谅别人等于解脱自己

第六辑　一路向善

第一辑
用德做人，为德做事

一位朴实无华的年轻人，在中国医药界以独特的人格魅力闪耀光芒。谈到自己三十年来的奋斗旅程，白礼西说："用德做人，为德做事！只有心中装着德，装着责任，这个世界才能和谐进步，繁衍生息。"

给生活一张温暖的脸

王国军

他在这所城市一家公司上班，一直任劳任怨。可是有一天，他从三层楼上摔下来，成了残疾人。公司给了他一笔低廉的回程费，就打发他回家了。女朋友也绝他而去。更要命的是，来接他的老母亲也遇到了车祸。噩耗传来，那一刻，他突然觉得天崩地裂，昏死过去。

艰难地处理好母亲的后事后，他来到医院，他并不想就这么一辈子都站不起来。为了省钱，他没住院，只是选择在每个周末，去医院。

从医院到他的家，隔着一条河，须坐船。从小，他就在这里长大，哪里的水有多深，有暗礁，他闭着眼睛都能说出来，可是现在不同了，他是残疾人，一个拄着拐杖的人，上下船都是极为艰难的。有时，因为动作慢，后面的人甚至粗鲁地把他推到旁边，好几次他把持不住，差点儿摔进河里。

他突然觉得自己是被这个社会抛弃的人。以前，他四肢健全时，不知道曾帮助过多少困难的人，现在他落难了，不仅没有人伸出援助之手，反而落井下石，他感到极为悲哀，甚至绝望地想死去。

他也就没再去医院了。那个灰色的黄昏里，他想到了在家中结束自己不幸的生命。他最后一次来到了河边，想最后一次坐船。

这一次，他默默地站在了最后，他不想生命中最后一次体验还被人凌辱。突然，一阵温暖传到了他的手里，是个小女生。女生说："叔叔，你怎么不上船呢？我帮你吧。"

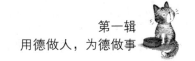

　　他的心一暖，在女孩儿的帮助下，他轻松地上了船。下船后，女孩儿又问："叔叔，你明天还会过来不？"他艰难地点点头。

　　第二天，第三天，女生都会早早地在渡口等他。他很想说些感激的话，但他觉得一切都是多余的。他又在想，等腿好了后，他一定要登门拜谢，感谢这个在绝望时候帮助他的女生，以及她伟大的母亲。

　　但是有一天，他来到渡口，却没再见到女生的影子，迎接的是个男生："叔叔，我妹妹有事，以后就由我来接替她的工作。"他有点儿惊讶，但没追问。第二天，第三天，女生再没出现。

　　腿康复之后，他成了一家孤儿院的院长。他忍不住去询问女生的下落，男生沉默了很久才说："我妹妹患的是白血病，前天去了。她说她唯一的遗憾就是没能看到您康复。她还说，这几天是她一生中最开心的日子，因为她能用一颗善良的心，来帮助别人，爱别人。"

　　他的手停在了半空中，潸然泪下。是的，这个女生的每一次牵手，他都谨记于心，那种百转流长的温暖，正潜移默化地影响着他。他终于明白，他并不是被抛弃的废物，这人世间的爱，无时无刻不在包围着他，牵引着他朝前走。他并不是孤独的，女孩儿虽然走了，但温暖还在。爱，就永远不离不弃。

善待那个最潦倒的人

王国民

农历大年除夕，美国芝加哥的唐人街上到处张灯结彩，华人俞越的牛肉面馆里却依然人影稀疏。眼看十一点就要过去了，俞越决定关门，看看中央电视台的春节联欢晚会。但就在此时，一个挎黑包，衣衫不整的黑人青年闯了进来，手里还提着一把二胡。他探头打量了那一锅热气扑腾的牛肉汤，舔了舔嘴唇，落魄的神色中透着渴望。

"先生，来碗牛肉面吧，又香又辣的牛肉面。"俞越迎上前。

"我，我……"黑人青年张大了嘴，想说些什么，但终究没说出来，只是长长地叹了一口气，接着垂下头。

"嗨，大过年的，就请你一顿吧。"俞越看出了黑人青年的困境。

黑人青年一脸羞红，他低着脑袋，沉思了半晌，又抬头试探着说："我，我能为您拉一首曲子吗？"说罢，就提起了那把二胡，手指一动，动听的弦乐就穿弦而出。

是《二泉映月》！俞越仔细地凝听着，很快就勾起了深深的思乡之情。说实话，黑人青年的技艺并不怎样，但他看得出黑人青年的用心。音乐戛然而止，黑人青年脸上浮现出一片圣洁的光辉，俞越忍不住鼓起掌来，然后赶紧端上牛肉面，放在他的面前。

黑人青年看了看俞越，俞越点了点头，他犹豫片刻后端起那碗芳香扑鼻的牛肉面，狼吞虎咽起来。俞越又端来了一碗，黑人青年也不客气，片刻之

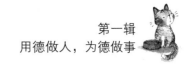

间又吃完了。

除夕过后，牛肉馆的生意依然冷清。最气人的是，近段时间有一个白人警察经常来店里吃喝，吃了也不付账。俞越终于忍不住了，向他要钱。

谁知白人警察扭过头来，冲他便是一拳，俞越被打倒在地。白人警察还不甘心，把他带到了警察局。

白人警察以俞越妨碍公务，扭打警察为由，提出了起诉。更令人不可思议的是，当地法院在未经任何调查的情况下，宣布罪名成立，判他入狱三年。

俞越的遭遇在华人界中引起了轩然大波，《华盛顿邮报》也重点报道了这一消息。文章采访了许多证人来说明俞越的清白，文章最后说，俞越所做的牛肉面色、香、味俱全，吃一口能温暖整个春天。

报道一出来，立刻在美国民众中引起了轰动。甚至连芝加哥的市长和中国大使馆的领导也前来探访，并表示愿意提供各种法律服务。在确凿的证据面前，也在强大的舆论压力下，芝加哥市的法院最终做出了公正的判决：俞越无罪释放，并获得一万美元的精神补偿。

俞越出狱后，牛肉面馆一扫以前的冷清，天天门庭若市。他的生意也越做越大，成了华人圈中有名的"牛肉面大王"。

转眼，一年很快过去了。同样是在除夕之夜，同样是在要打烊的时候，一个黑人青年快步走了进来，点了两碗牛肉面。

这不就是一年前那个拉奏二胡的落魄青年吗？看样子他现在混得不错，俞越心里暗想。

一扫而光两碗牛肉面后，黑人青年抬起头来说："今年我到你们中国去了，真的，东方文化就是与众不同，就像你的牛肉面，味美香甜而又暖人心。"

说罢，又递过来一张名片，俞越接过闪了一眼，上面写着：詹姆斯，《华盛顿邮报》中文记者。

"你就是那位对我不幸事件进行报道的人？"俞越当然不会忘记那张报纸，以及那个给他带来帮助的记者——詹姆斯，只是没想到竟然是他。

原来，一年前，詹姆斯大学毕业，辗转来到芝加哥，工作没找到，盘缠用尽。为了生活，他不得不舍去尊严，想用为人弹奏的方式换取一顿饱饭。他去了数十家饭店，都被赶了出来。

在他最饥饿、最潦倒的时刻，俞越不仅没有歧视他，还请他吃了两碗牛肉面。就因为这两碗牛肉面的激励，他信心百倍地参加了《华盛顿邮报》的面试，并一举成功。

詹姆斯始终没有忘记俞越那两碗牛肉面的恩情。当他从华人朋友处得知俞越遭受冤屈之后，便深入第一线，采访了许多目击证人，写下了那篇报道。

得知事情的经过后，俞越紧紧抱住了詹姆斯，热泪盈眶。

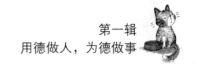

善良是这个世界的魂

王国军

她是个不幸的孩子。在她两岁时，父亲病逝，六岁时，母亲跟着另外一个男人跑了。只剩下她和一个风雨飘摇的梦。

从此，她变得沉默寡言。上完课，她总会跑到学校后的一棵槐树旁，坐着，望着，像一尊雕塑。

夏天很快来临，看着别的孩子都穿上了漂亮的裙子，她也想要一条，哪怕是一件 T 恤。但是她没有，她只能每天穿着那件破旧的补了又补的的确良衬衫。

一个旧木箱，三四件衣服，便是她全部的家当。

八月，站在绚丽多姿、琳琅满目的门面前，她的目光左顾右盼，却不想被女老板用扫把赶出来："小叫花子，这里不是你来的地方，滚远点！"她突然跑上去，朝女老板狠狠咬了一口，然后在一片尖叫声中，跑得无影无踪。她是个好强的孩子，她不能容忍自己的尊严被践踏。

语文考试，作文题目是《母亲》，她早早就交了卷，上面只有一个字：恨！刚下课，她便冲出了教室，只剩下后面一片议论声："听说她妈妈偷人，跑了。""那她不就是个野种！"

她退学了，尽管班主任一再挽留，但她的决心已定。望着那些鄙视自己的目光，她在心里暗暗发誓：总有一天，我要让你们跪着来求我。

她去了广东，先是在一家鞋厂打工，等赚够了足够的资本，她开了家小

门店，起早贪黑地忙碌着，只为了有朝一日，能翻身做人。

十年后，她有了足够的钱，有了炫耀的资本，她回到了家乡，开了两家公司。这个时候，来找她帮忙的人络绎不绝，当然其中也不乏那些曾经鄙视她的同学。

她心安理得地接受着他们的恭维，她甚至想到了用最毒的办法来报复那些乞求她的同学。

那个周末，她去了一趟学校，曾经的繁荣不再，几十个学生稀稀落落地站在院子里，嬉笑着，欢乐着。突然有个女生被撞得跌在地上，一个孩子赶紧扶起她，并扶她坐下，嘘寒问暖。

她突然怔住了，因为那个女生多像贫穷时的自己。找学校打听，果然和自己一样，爹去世，娘改嫁，无依无靠。

放学的时候，她一路尾随着。当看见女生走进一个老人的家，为一个失明的五保老人做饭时，她的眼泪忍不住夺眶而出。她突然觉得心底的恨，如轻烟一般散去，了无踪迹。

突然间，她做了一个决定，她把几个能力确实不错的同学分到了重要岗位。有人就不解："那些人，曾经骂过你，侮辱过你，让你的童年充满了痛苦。现在你发达了，他们都来求你。你却不仅宽恕他们，反而还委以重用？"

她的笑容平静而从容。"是孩子教会了我怎么去生活，让我知道善良才是这个世界上的魂。以前我一直放不下恨，想的只是如何去报复那些曾经伤害我的人，所以虽然我在事业上成功了，但我一点儿都不快乐。"她顿了顿，继续说，"而如今，放下包袱，我顿觉得天高云淡了，这样的温暖生活，不就是我们一直所追求的吗？"

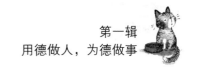

父亲的木雕

胡慧

　　父亲在我们镇也算是一个名人，因为他有一手出众的雕刻手艺，但父亲从来没有以此来谋生，他总说，把一项手艺职业化了，人就浮躁，功利了，也失去了精益求精的耐心。

　　逢年过节，来我们家请父亲做雕刻的人很多，特别是除夕前后，那人流就像赶集似的。村里的老人都有点迷信，他们希望能在家门口挂生肖的雕刻，来驱邪避灾，并祝来年丰收，全家平安。父亲做雕刻，虽然不收钱，但邻居们也都是明理的人，总会带些东西过来，比如糖果、水果，或者腊肉、腊鱼之类，所以从小到大，我们都不愁吃，日子也算过得温馨幸福。

　　父亲人好，对来家里的客人，总是一律应诺，不管他多么忙，总会抽时间去完成。有一年除夕，刚吃完团圆饭，父亲就去院子里忙活了，直到凌晨，父亲才做好，急匆匆地送到邻居家。在欢快的鞭炮声中，看到他雕刻的幸运虎挂在门顶，父亲这才拭干汗水，欣慰地笑了。

　　父亲的雕刻都是用树根做的，虽然乡亲们都会带一些树根来，但父亲有时并不满意，他便带着斧头去深山里和伐木厂里，有时为了找一棵满意的树根，需要转上好几十里路。父亲做得最多的是孩子们身上佩戴的各种龙木雕，什么形状都有。依据我们村里的习俗，孩子读书后，佩戴一方龙木雕，既可以辟邪，又可以保平安。另有虔诚的人说，如果那个龙木雕的颜色变成了红

色，那这个孩子肯定是得到了神的眷顾，将来前途无量。还有人说，将木雕一分为二，一半送给自己的女友，就可以让爱情圆圆满满，还能保佑将来的儿女健健康康的。虽然这些说法都没什么科学依据，但对乡亲们而言，能快乐，就足够了。

做木雕是个细致活，需要经过粗坯、修光、打磨、着色上光等复杂的程序，每一步都要小心翼翼，只有每个程序都圆满了，木雕的无穷魅力才能彻底被释放出来。父亲对待他的作品，十分严肃，他坚信每一个木雕都是有灵魂的，只有认真地去刻，细心地去品，灵魂才能安稳地待在木雕里。

父亲生病那阵，邻居阿强过来，想让父亲给他刻一块全家福雕像。他要去美国读书了，他希望能带着它去美国。

"这样，我的心中就能一直装着祖国，装着家，不至于迷失了方向。"阿强充满期待地说。

父亲本来还在犹豫，但听到阿强这样说，便认真地点头说："行，我给你做，一定在远行前给你。"父亲挣扎着从床上爬起来，颤抖着走进院子里。

阿强拿出照片后，父亲便忙碌起来。那是父亲最为认真的一次。病重的父亲，咬牙坚持了三天，直到那块全家福雕像顺利地完成，他再也坚持不住，倒在了地上。我心里在埋怨：没报酬的事情，还那么认真。卧病在床的父亲却笑着说，能给孩子一个回家的方向，那么他做得值了。

阿强离开前，来了一趟医院，一个一米八的男子汉，却在父亲面前哭成了泪人。

那一年元旦，家里面坐满了客人，那些佩戴木雕的孩子们围绕在父亲身边，一个劲地说着家里和学校里的趣事。父亲的目光温柔又慈祥，他的手滑过一块块小巧玲珑的木雕，那些被赋予了灵魂的木雕，都快乐地回应着，父亲仿佛看到一个个美好愿望即将成真，他望着远方，言语间颇为自豪："值！值！"

过去我以为，父亲不以雕刻为生，是太过懒惰，现在我才知道，那是他

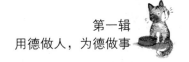

想精益求精，他在赋予那些木雕灵魂的同时，也把自己做成了一方木雕，用爱心当刀，用温暖当手，这些善良和温柔也照耀着我们，一生都不会陨落。

每个孩子都是一个天使

王国军

大学毕业后，我放弃了外面的种种诱惑，只身回到了家乡，在一所小学教书。学校不大，四个年级，百来号学生，学校也不美，孤零零的一座平房立在大山里，如果不是本地人，谁也不知道这里还隐藏着一所学校。

但我并不孤单，并不悲哀。那些活蹦乱跳、充满朝气的孩子，是我心灵的依偎。

头一次师生大会，校长恭恭敬敬地说："同学们，这可是来自长沙的高才生啊！"学生不懂什么叫高才生，但他们知道长沙，这些从没走出过大山的孩子霎时把目光齐齐对准了我。

我知道他们在渴望什么。那一天，我讲了整整一上午，主题只有一个，那就是外面的精彩世界，最后我说："孩子们，如果你们想出去看看，就好好珍惜现在的学习时间，明白吗？"

掌声顿时如雷。我欣慰地笑了，我想我应该竭力改变他们，让他们每个人都变得乐观、自信、认真、守信，并且不畏惧艰难和险阻。我知道我身上的担子不轻，但这些纯朴和善良的微笑，让我觉得一切付出都是值得的。

事实上也是。我所上的每一堂课，孩子们都听得非常认真，一有不懂的地方，下课后便会把我小小的办公室挤得满满。我所交代的每一个任务，大家都是争先恐后地去完成，从没出现拖沓和躲避的现象。

讲桌上有个小瓶，每一天都会有一束野花插在那里，我甚至不知道是谁

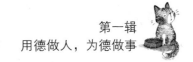

采的，如果问他们，他们总会笑嘻嘻地跑开。校长说："在大山里，鲜花是送给客人最尊贵的礼物。"

我相信他的话。我又在想，礼物的轻重与金钱无关，与知识无关，与年龄无关。这些大山里的孩子，把尊重给了我，我应该感激他们。

暑假里，我离开了大山，来到了长沙。不久后，莫拉克台风给台湾造成了严重的灾难，我也成了一名募捐志愿者。主办方希望我回校后，在学生中组织一次募捐。和校长通电话时，我建议说："在老师中组织就行了，孩子们的家境都不富裕，我不忍心。"

但不知是谁泄露了这一消息，我回校的时候，竟惊奇地发现，路上经常见到学生们在外面忙碌着，有的摘茶叶，有的捡塑料瓶，还有的在砖厂码砖头……

开学的那天早上，各班的学习委员风尘仆仆地把一张张用自己的劳动换来的纸币放在我的手里。我顿时觉得手里沉甸甸的。

我班还有一个学生，父母双亡，前些日子，他又病了，连报名都是奶奶来的，就是这么一个连身体都还没有康复的学生，却也和其他的孩子一起，干起了拾废品的活儿。

当他把一张褶皱的二十元人民币放在我手里时，我忽然觉得眼睛一热，我试图阻止他，我说："孩子，这钱你不能捐，你现在还在吃药，你需要钱。"

他把身子挺得直直："老师，这只是我的一份心意，我希望我们的同胞们也能和我们一样，有宽敞明亮的教室读书。"

还有什么理由拒绝他呢？这些大山里的孩子，真的每个孩子都是一个天使呢！但也正是这些天使纯净的爱，才让我彻底摈弃了城市的虚华和浮躁，一头扎进大山的宁静与安详里，并从此心甘情愿。

在悬崖边健步如飞的人

王国民

这是一个真实的故事，男主人叫林方云，被网友们称为"世界上最美丽的邮递员"。

那也许是世界上最高的邮路了，海拔两千米的悬崖，积雪遍地；那也许是世界上最危险的邮路了，悬崖窄得只容一个人通过，稍不留神，就会摔个粉身碎骨。然而就是这样的大山，这样的悬崖，却有一个特殊的邮递员，一坚持就是二十一年。

第一次见到他们是在七曜山旅游时，一个十五六岁的少年，背着篓子，走在我的前面，篓子里是满满的信件和包裹，估计有四五十斤重。道路本来就崎岖，再加上厚厚的积雪，我踩在上面，心都发麻。

又是一个极其陡峭的拐弯，望着两边深不见底的深渊，我彻底胆怯了，后悔真不该抱着好奇心踏上这罕有人迹之地。

他突然停了下来，转身，一双眼绽放着光芒。他说："需要我帮忙吗？"说着，伸过来一根细细的竹竿。尽管有他在前面指挥，我还是走得很小心，很谨慎。因为，前面的路窄得只能容下一双脚，哪怕有一点儿偏离，后果都不堪设想。

终于过来了，我连声谢谢。我又问："你经常走这条路？"

他想了想说，今天正好是第五个月了。

我说："你一个人，不怕吗？"

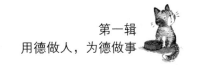

他笑了，指着后面说："你看，我爸不是来了吗？"我顺着他指的方向看，果然有一个背背篓的男人，健步如飞地朝这边跑过来。

等男人走到一起了，我们一前一后地往前走。男人说："这几个月，邮件太多了，我一个人背不走，无奈之下，只好动员孩子一道走邮路。"

"你们每天都要送吗？"我问。

"是的。"男人说，"每天凌晨四点就起床了，啃一个馒头就匆匆出发。有些地方，甚至要走十五个小时才能到，就为一封邮件。送到了就要走，要赶时间，即使这样，回到家也已经是晚上十点了。在这段路上走，最怕的就是下雨和摸黑。碰上手电坏了，或者下雨，就只好找个岩洞待一晚，夏天还好一点儿，冬天冷，好几次，我都差点儿被冻死。"

"为什么不选择走平坦一点儿的道呢？"

"以前，我也想过的，但是绕的路太多，一趟根本送不到，所以我又重新走这条悬崖。为了安全起见，我几乎用了整整一年时间进行休整，去荆棘，筑扶栏……其实，这条路也不仅仅是我一个人整的，听到我要长久送邮件，附近的乡亲们都过来帮忙，他们都是好人，费了那么多力，只是为了弄一条邮路。"

又走了一阵，肚子忽然咕咕叫了起来，少年笑了，跑到附近的一个山里，瞬间就摘了几个野果回来。男人告诉我，走这条路，体力消耗很大，采几个野果，是得以前行的最好办法。男人抬头看了看远方，继续说："我时常想，其实上天对我真的不薄，有那么多人关心着我，连大自然都对我特别恩惠，让我顺顺利利地走完这些年，没有出一次意外，我也心满意足了。"

"那你做了多少年啊？"

男人嘿嘿笑了，说："从我三十岁那年，邮政局局长请我帮忙跑几天开始，到如今我已经整整五十一岁了。其实，这期间很多次，我都打过退堂鼓，毕竟太艰苦了；可是我又无法割舍，毕竟大山需要邮政，大山需要我啊！"

和他们告别之后，我怀着强烈的好奇心来到了当地的邮局。局长告诉我：

"这二十一年来,他至少走了四十五万公里,相当于绕赤道走了十一圈多,而他穿坏了二百五十双解放鞋。"

我被那位父亲深深感动了。二十一年,四十五万公里,那是用生命走出的一段不平凡的邮路啊!

我望着千尺高的悬崖,心想,此时的父子俩正坐在小坡上,吃着野果,享受着那难能可贵的片刻休息时间;正是因为有了他们,有了这锲而不舍的大山精神,大山里的邮政才一直畅通无阻。

我知道,这个世界上有很多像他这样无私奉献的人,我更知道,还有很多从大山里走出去就不想再回去,甚至抱怨、仇恨的人。真的,我很想告诉这些人,知道吗,在重庆一处海拔两千多米的山上,有一个邮递员,从青年到老年,日复一日,年复一年,硬是用他的双脚走出了一条累计长达四十五万公里的、令人为之震撼和感动的邮路?正如他在接受采访时所说的那样:"我不知道我还要送多少年,但只要他们还需要我一天,我就走一天;我走不动了,我的儿子就走;儿子走不动了,孙子就走。只要我身边还有亲人,我就不会让大山里的邮路荒废。"

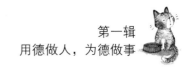

让孩子学会慢一拍

王国民

　　我决定还是带孩子回老家。每次只要回去，刁蛮任性的儿子就会立即安静下来。他说，他回去了，在同龄人面前，就是老大了，他不能给自己丢脸。儿子说这话，正合我意。

　　因为忙着和多年不见的老朋友见面，我白天都没时间管他，直到晚上，才有时间和他交流。第一天晚上，他突然神神秘秘地告诉我，他要和一群朋友去探险。在老家的后山，有个很深的窑洞，多年都没有人去过了，他们对那里充满了好奇。我一听，感觉教育孩子的机会来了，便耐心说："去探险是好事，可是你得把什么都要考虑进去，比如所需的工具，比如出现意外了，该如何处理？孩子，做事不能头脑发热，要学会冷静处理。"

　　儿子听了，先是愣了一下，然后说："那我再考虑考虑。"

　　第二天早上，天刚蒙蒙亮，儿子就敲开我的门说："爸，我想清楚了，探险还是不去了，我们改去公园拾垃圾，既有意义，又锻炼了自己，一举两得。"我开心地拍了拍儿子的肩膀。

　　第二天晚上八点，儿子才大汗淋漓地回来。看着他通红的脸蛋，我知道这着棋算是下对了。

　　之后的日子，儿子只要有什么想法，我在支持他的同时，也都善意地提醒他，要把所有的细节都考虑进去。一段时间后，我发现儿子的表现越来越好，不仅学习成绩上去了，当上了班长，他还经常组织同学开展各种有滋有味的

活动。更重要的是，孩子已经改正了自以为是的毛病。

让孩子在处理自己的事情中慢慢长大，多提醒，多建议，让他学会慢一拍，不仅能矫正蛮横、急躁的坏习惯，同时还能成为一个有耐心、稳重和冷静的好孩子。

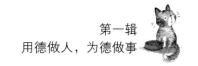

予人快乐，予己坚强

王国军

　　玛丽是我新认识的一位小朋友，第一次见到她是在一次歌唱比赛节目中，她一身牛仔打扮，以一首劲爆的舞曲震撼了现场所有观众。后来，我才知道，她得了病，是不治之症，但是她和孩子们一起玩耍时，从不绝望，小小的脸蛋上满是坚强的微笑。认识她的人都说，玛丽是个聪明又勇敢的孩子，和她在一起，都感觉很快乐。

　　我偶尔也会去找玛丽，她告诉我，她最大的梦想就是能在舞台上唱一首自己原创的歌曲。

　　接下来的一年里，我一直留意着那个节目，但都没有看到她的影子。后来通过一个朋友才知道，她住了医院，医生诊断她只能活两个月。但是两个月后，她还坚强地活着。那一年的新年晚会上，听说玛丽会出现，我特意带了一群残疾人朋友去。到了现场，才猛然发现那里还有很多的残疾朋友，我想，或许大家都是想从她身上汲取些生活的力量吧！

　　在一阵柔和的音乐中，玛丽终于出场了。她着一袭漂亮的连衣裙，让所有人顿时眼前一亮，她唱了一首《春天里的回忆》。

　　是的，她确实做到了，唱了一首属于她自己的歌。

　　但是她依然有些力不从心，工作人员连忙搬来椅子。短暂的休息后，她谢绝了工作人员的搀扶，一脸微笑地站起来，她唱得很深情，很投入，所有人都跟着打起了节拍。

很多人上台去献花，就放在椅子上，没有人想去再增加她的负担。当她唱完最后一个音符时，所有人才站起来，掌声持久不息。

去过那场晚会的人都说，那是他们这辈子听过的最好听、最感人的歌曲。

后来，我再也没见到玛丽，但是自从认识她以后，我才真正懂得了快乐的真谛——它不在于你在这个世界上能走多久，而在于你把这份快乐传播了多远，让多少人受到了影响，并且让更多的人来分享这份快乐与坚强。

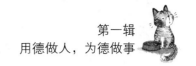

把爱吹成一朵春风荡漾的花

王国民

她出生于湖南益阳市桃江的一个山村里，因为家穷，母亲在她两岁的时候就把她送到了叔叔家寄养，这一走，就是整整六年。

七岁，她才知道回家的路，瘦弱的母亲抱着她，一声声说后悔。她说，她从不曾埋怨过母亲，真要怨，就怨那个贫穷的世道吧。

八岁，她第一次坐到了宽敞明亮的教室里。

十三岁，学校为一个贫困的同学举行了捐款仪式，她把自己这些年积攒下来的零花钱全部捐了。此后的每个周末，她都会去那个同学家里，带些好吃的，还帮同学补课。有人劝她，你家也不富裕，还是少管别人的闲事吧。但是她不肯，她说，正因为苦过，她才希望别人不会因贫穷而读不了书。

她开始想方设法赚钱。春天，采桃油；夏天，摘茶叶；秋天，捡茶籽；冬天，卖报纸——所赚到的每一分钱，她都捐献给了同学。

十六岁，她得了一场大病，可还没等身体完全康复，她就去了同学那里，她说，她答应过同学，大家要一起奋斗，一起考大学！

她跟我说着自己的那些故事时，一直都是微笑的，我却听得心痛，一个十三岁的孩子，过早地承担这个社会的责任。她说，她只是不希望看到有人因为贫穷而辍学，她也吃过穷的苦。忽然想起，我有一个学生，也是从十三岁起，照顾邻村的一个老人，甚至还带着老人去读书，13年都不离不弃。其实，他们都一样，他们的血脉里，流淌的都是爱和责任。

进入大学后，她加入了志愿者服务队，接触到了更多的贫困儿童，更是尽己所能去帮助他人。

为了更好地资助这些孩子，她做兼职：端盘子、擦皮鞋、站柜台、卖报纸……暑假的时候，她还去了深圳，姐姐帮她推荐了一份工作，老板很赏识她，说只要她愿意，毕业后就留在这里，保证会给她提供最好的待遇。可是，她还是回来了，忙兼职，忙学业，忙着照顾孩子们。

但这种平静的生活很快被打破，她面临着毕业，同学们都在忙着投简历，参加各种考试，她不可能视若无睹。怎么办？是去深圳姐姐那边工作，还是留在湘潭继续资助？她必须权衡轻重。最终，她选择了继续。

靠着自己的实力，她进了中国人寿保险公司做管理，闲暇时，她还到超市兼职做收银员。每个周末，她都会和那些资助者联系，或者给他们辅导，或者带他们去玩。

"但是这些还不够，我目前才资助了五个学生。"她微笑着说，"接下来，我的梦想是建立一个爱心基金，以帮助那些想读书而又读不起书的孩子。"

她的名字叫周纯，目前就读于湖南理工职院计财1083班。

我想，如果有一天，这个叫纯纯的女生，站在湖南十大杰出青年的评选现场给我发信息，我一点儿都不会惊讶，因为，在她的人生旅途中，永远活跃着一股坚强的信念，正如她所说，她觉得一个人不单只是为自己活着，还应该让别人活得更好，所以她才会一步步走下去，而让她能坚持下去的力量，叫爱心。

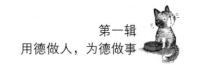

用德做人，为德做事

王国民

20 世纪 80 年代初，白礼西从成都中医药大学毕业后分配到了国营涪陵中药厂。白礼西起初感到十分高兴，但一到药厂，他就失望了，五六十个工人，厂房是杂木和水泥板搭建的；更让他绝望的是，药厂已经连续三年亏损，工人们只好到处找事赚钱，但这仍然不够维持日常所需。

有一次，白礼西去菜市场捡拾剩菜，正好遇到一位跳槽离开药厂的同事。见他窘迫的样子，同事劝他也跳槽，并告之，以他的能力，一定会有大展拳脚的机会。可是，白礼西委婉拒绝了。

白礼西心里有自己的想法，在药厂举步维艰的时候，他觉得自己更应该与大家同心同德。不久后，在工友们的投票选举下，年仅 20 岁的白礼西成了药厂的副厂长。为了给大家发工资，他带领大家一起自制汽水，上街叫卖。1988 年，白礼西的右臂因车祸严重撞伤，但他仍然坚持在工地上指挥督阵，不少人都劝道："对你来说，现在更重要的是身体的康复。再说，一期技改工程也绝非两三个月能完成的事情，你何必这样拼命呢？"

"这是全厂所有职工的血汗钱，我要为他们负责。"白礼西说。他知道，他的决定无人能改变，即使他的手残废了，他也要把工厂的命运摆在第一位。

1993 年，涪陵中药厂正式改组成重庆太极实业股份有限公司，此时，那些已经离开的工友们又想回来。有些员工反对说："在公司最艰苦的时候，他们毫不犹豫地离开了，现在我们强大了，他们又想回来，我们这不是菜市场，

不是他们想来就来、想走就走的地方。"但白礼西还是以德报怨地接纳了他们。他常常在私下里对大家说："我能理解他们离开的苦衷，现在公司壮大了，他们能回来，正是出于对我们的信任，我不能辜负他们。"

经过三个月的集体培训后，白礼西把这些人都安排在重要岗位。也正是白礼西这种海纳百川的气度，让每一个回来的职工都以集体为荣，斗志昂扬。在全体职工大会上，有人提出了人人营销的理念，这得到了白礼西的肯定，并把这一理念称之为"全员营销"。他说："懂科研又懂营销，才能研发出适销对路的产品；懂生产又懂市场，才能生产出质量过硬的产品；懂管理又懂销售，才不会瞎指挥，才能制定出适应市场规律的管理策略和方案。"

最终，这一理念得到了大家的认可。白礼西也亲力亲为，率先垂范，每天工作时间超过 12 个小时，一年的休息时间不到 15 天。他常年在外，连续不断跑市场、跑营销，时常需要两个司机轮流开车，以至于他万般疼爱的女儿在日记中写道："想见爸爸是一件多么奢侈的事啊！"2001 年底，太极集团首次在澳门举办"2001 年中国肥胖问题论坛"，吹响了把中草药推向世界的集结号。目前，太极集团的营销网络覆盖了全国 95% 以上的地级市以及 60% 以上的县级市和农村市场，太极集团也成为国家经贸委向全国企业唯一推荐的实施"全员营销策略"的样板企业。

一位朴实无华的年轻人，在中国医药界以独特的人格魅力闪耀光芒。谈到自己三十年来的奋斗旅程，白礼西说："用德做人，为德做事。只有心中装着德，装着责任，这个世界才能和谐进步，繁衍生息。"

特别值得一提的是，太极集团参与市场竞争时，从不以消灭或击垮竞争对手为终极目的，而是通过资产重组，走低成本扩张之路，使国有企业保值增值，从而最大程度实现双赢甚至多赢局面。

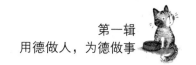

一把流泪的吉他

赵晶

十六岁时，我迷上了音乐，迷上了一把精致的吉他，每天下午，经过那家乐器店时，我都会静静地凝望一会儿，那个时候，我是多么渴望能拥有一把属于自己的吉他啊！

可是我知道那只能是妄想，为了供我们兄弟俩读书，本不富裕的家庭，早已债台高筑。可那是我年少时的唯一奢想。聪明的父亲读出了我眼中的渴望，他信誓旦旦地表示，只要能考上大学，他一定亲自带我去买。

我的渴望被父亲的话语彻底激活起来，高中三年，我拼命地学习，只为能走进那家乐器店，带走那把心爱的吉他。我曾多次想象着，抱着心爱的吉他，在群山之巅尽情歌唱的情形。我甚至尝试着去做兼职，可父亲说，高中是人生中最重要的阶段，不能分心。

可是当我拿着烫金的录取通知书送到他手里时，父亲却失信了。原因很简单，我和哥哥都要读书，家里面实在没有多余的钱拿给我"挥霍"。要知道，一把吉他的费用足够支撑家里两个月的开销了。

父亲把我带到乐器店门口，拍着我的肩膀说："你的梦想，只能够靠你自己来完成了。"

望着静静地躺在角落里的吉他，我暗想：等着我，我一定把你买回来的。

我却没想过，为什么这么多年了，这把吉他还静静地躺在那里？

新生军训后，利用课余时间，我在外面做了一份兼职，一个月后，我带

着赚到的四百元钱，和父亲一起走到了乐器店门口。

我鼓起所有的勇气，对老板说："我想买下它，多少钱？"

老板诧异地说："你要是喜欢，我送给你好了，因为它只是一把少了根弦的吉他。"

刹那间，我愣住了，还是父亲心细，问，既然少了根弦，为什么一直都放在这里呢？老板的声音有点儿激动了，那是因为一个人。

是一个故事，有关一个女孩儿的。那时候，女孩儿也喜欢弹吉他，因为家穷，买不起，所以只好每天放学后来这里弹一会儿。几个月后，女孩子终于赚到了买吉他的钱。可刚取走，就出事了，为了救一个乱冲马路的小孩子，女孩儿毅然冲进了车流里。

女孩儿成了残疾，但是她对音乐的追求并没有消失，多年后，她硬是凭着自己的毅力，就用这把少了根弦的吉他，在音乐大赛中一举成名，她的善良和信念也深深打动了所有的人。

后来，这把吉他就放在这里，虽然有些破损，但不影响别人对它的喜欢。

老板说，我已经是这三年来第六个提出要购买这把吉他的人了，每一次，吉他被抱走半年后，又被送了过来。

我抱紧吉他，泪水再也忍不住流了下来。

半年后，我把吉他送了回去，因为我知道，有更多的人需要它。

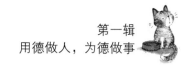

每一颗种子都有爱的心

蔡燕

艾丽斯是美国一位著名的慈善家，也是一名大学老师，每一年，学生放假后，她都会飞到中国贵州，带着购买的书籍和食物，送给贫困地区的孩子们。

2009年，艾丽斯和央视著名节目主持人李咏第一次来到山区，就被山区孩子的贫困深深震撼了：没有温暖的衣服，没有玩具，没有学习用品；一件能过冬的衣服，一餐有肉的晚餐，成了孩子们最大的梦想。

从那时起，艾丽斯就暗暗下定决心，每年来看望一次学生。虽然一个人的贡献是微薄的，但她深深相信，只要所有的人都伸出温暖的手，贫困地区的孩子总有一天能吃好饭、穿好衣，上好学。

艾丽斯带着整整两车的礼物来到学校，她请所有的学生吃了一顿丰盛的晚餐，分发学习用品后，她又给每个学生分发了一斤花生。

晚上，艾丽斯在走访了几个寝室时，忽然发现少了一个学生，是李强，艾丽斯非常喜欢的一个男孩子，又懂事，成绩又好。有人告诉艾丽斯，刚吃完饭，李强就拎着那包花生出去了。难道是他舍不得给别人吃，打算一个人偷偷地吃？可是每个学生都有一斤啊！

艾丽斯走到学校后面时，听到了挖土的声音，凝目望去，一个瘦弱的身影正在挥舞着锄头。"李强！"艾丽斯走了过去。"艾丽斯老师，您怎么过来了？"李强站直了，用手擦擦汗水。

艾丽斯摸着他的头，小声问："是嫌老师带的东西不够多吗？"

"不。"李强摇摇头，"您给我们的帮助已经够多的了。就是今天你带来的猪肉，都够我们吃上一周了。"

"那你挖坑做什么呢？"艾丽斯皱起了眉。

李强的脸上立刻兴奋起来："艾丽斯老师，还记得您当初上课给我们说过，种下希望，就能收割希望？"

艾丽斯点点头，说："可是这又和你挖坑有什么关系呢？我带给你们的花生都是熟的。"

"这可能是个美丽的意外，也许商家弄错了。"李强笑着说，"我的花生都是生的。我想，今天把它们种下去，明年就能收获一大堆花生了，卖了，不就可以换好多猪肉了吗？"

李强刚刚说完，旁边忽然多出了好多学生，大家都异口同声地说："艾丽斯老师，我们的花生也是生的，也可以播下去，等到明年，可以换更多的猪肉了。我们还可以像您一样，把收获的花生送给其他学校的孩子们！"

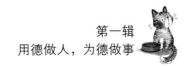

布雷加市上的鲜花

王晓春

一年多来，乔尔曼和他的同伴们多次袭击了政府军的军营和哨所，从狙击到路边炸弹，到暗杀，能用的手段全部用尽了。一年多来，乔尔曼和他的同伴们所杀过的人已经数以千计，渐渐地也就麻木了。

周围还弥漫着硫黄和尸体的味道，可乔尔曼已经顾不着那么多了，他提着枪，悄悄地摸进难民营，到处是残缺的尸体和倒塌的墙壁。突然，乔尔曼听到了几声微弱的呻吟。还有活着的敌人？乔尔曼顿时兴奋起来，他提着枪跑了过去。

在一所倒塌的房子里，他看到了一辆婴儿车，上面睡着两个婴儿，婴儿车上面还伏着一个年轻人，满身是血。可以想象，在炸弹来袭的瞬间，是这个年轻人用身体保护着这两个婴儿，才让他们免遭厄运。

又一阵杂乱的脚步声传来，乔尔曼的同伴们也跑了过来，然后，一个伙伴举起了枪。

"查尔顿，你要做什么！"乔尔曼急切地喊。同伴说："乔尔曼，请不要阻止我，这是我们的使命。"乔尔曼一把抢过枪，将枪口对准了自己的额头，坚定地说："这里没有敌人，只有孩子，你要向他们开枪，就先打死我！"乔尔曼喊了几个战友，把婴儿车推到了户外，他又把年轻人的尸体埋葬了。在年轻人的胸口，乔尔曼发现了一张用血写的纸条：请保护好他们，孩子是无辜的。那血字映入乔尔曼的眼里，令他想要落泪。

在年轻人的口袋里，他找到了一张身份证，他默默记下了这个年轻人的名字——克罗地，然后和战友们推着婴儿车走了。

一年后，乔尔曼已经是一家著名反战组织的领导人。他常常回想起那场战争，想起那次大屠杀，想起那两个差点儿被屠杀的婴儿，想起那个年轻人，到底是什么原因，让他不顾生命的安危，全力保护两个陌生的孩子。

带着诸多疑问，乔尔曼来到了克罗地所在的家乡。经过打听，终于在一个老人那里，他得知了克罗地的故事：克罗地是班加西的一名医生，战乱后，他成立了一个名叫阳光天使的诊所，深受广大士兵的喜欢，当得知布雷加发生战乱时，便赶到了这里，准备转移走这里的一百五十名孩子，但还剩下两个孩子时，炮弹就落了下来……

老人说，当时布雷加难民营没有一个政府军，敌人轰炸这里，只是为了给政府军强加一个屠杀的罪名。老人说："克罗地用他的生命，点亮了布雷加的夜空，也点燃了所有难民的希望和决心。"

乔尔曼说："他还点燃了一个士兵麻木的心。我相信，他的牺牲会唤醒更多的人渴望和支持和平。"

值得一说的是，乔尔曼现在每天都在忙碌着，他希望这个国家不再有战乱，不再有纷争，有的只是鲜花和爱心。

第二辑
伸出手来爱

我想，少年说的是事实。其实，这个世界上，人和人的距离，近在咫尺，伸出一双手，相信爱，就能改变你我！

上帝送你一根扁担

蔡燕

农历大年除夕，美国芝加哥的唐人街上到处张灯结彩，准备迎接新年的到来。美国人汉森开的一家中餐馆里，依然是人头攒动。快到晚上十点的时候，汉森终于送走了最后一批顾客，他准备关门，看看中央电视台的春节联欢晚会，这已经成为他每年除夕夜的必修课。

但就在此时，一个衣着凌乱的孩子闯了进来，手里还拿着一只碗，他探头打量着那一锅热气腾腾的火锅汤，舔了舔嘴唇，落魄的神色中透着渴望。

汉森急忙走了过去，孩子约莫十岁左右，脸上还有不少伤痕，估计是乞讨的过程中，被其他乞讨的孩子欺负了。汉森示意店员端来一杯热茶，他和蔼地对孩子说："新年快乐，有什么我可以帮你的吗？"

孩子的目光一直停留在那个热气腾腾的火锅上，头也不回地说："看在上帝的份上，你能给我一顿温暖的晚餐吗？就一顿！上帝会照顾你的。"

见孩子可怜，一个店员小声对汉森说："这孩子遇到了困难，我们就帮他一把吧。"说着，转身就走向厨房。汉森一把拉住他说："他是需要一顿晚餐，可是他最迫切需要的是一根扁担。你去厨房里拿根扁担来，我知道，你一定有很多疑问，但请按照我的意思去做。"

过了一会儿，汉森拿着一根扁担来到孩子的旁边说："孩子，我刚才把你的意思转告给了上帝，他认为给你一顿晚餐，那是害你，应该给你一根扁担。"

孩子脸上的笑容顿时僵住了，他愣了愣，沮丧地说："这真是个遗憾的

消息，我只是需要一顿晚餐而已。老板，我得走了。"

汉森摊开手说："孩子，别急，等我说完了，你再做决定不迟。"汉森示意孩子坐下来，他缓缓地说："孩子，给你说个故事吧。我小时候家里很穷，为了改变自己的命运，十三岁那年，我只身来到芝加哥。不幸的是，遇到了小偷，变得身无分文，我整整饿了三天，最终支持不住，进了一家牛肉店，我其实只是想老板施舍我一顿饭而已，你知道吗，那老板给了我一根扁担。他告诉我，上帝只会眷顾靠自己双手奋斗的人。孩子，今天我同样把这句话送给你，记住，别人施舍的，再好，也是别人的，只有通过自己双手奋斗得到的，才是属于你自己的。去吧，拿着这根扁担，去街上，你很快就能赚回属于你的丰盛晚宴。"

孩子站起来，接过汉森递过来的扁担，目光坚定地走了出去。

二十年后，还是除夕夜，汉森一如往常一样关门，准备回家看春节联欢晚会。这时，一个衣着光鲜的中年人提着一个花篮走了进来。他对汉森说："尊敬的先生，还记得二十年前的今夜吗？我当时乞求上帝给我一顿晚宴，但上帝给了我一根扁担，正是这根扁担给了我自食其力的勇气和信心，我靠着它赚回了第一顿属于自己的晚宴，也找到了自己的人生轨迹，这样的帮助，比任何施舍都来得及时和重要。还有，那根扁担，我给了需要它的人，我希望把它传下去，生生世世。"

值得一提的是，这个中年人正是当年汉森帮助过的孩子，而他后来成了美国通用汽车公司的总裁，他就是理查德·瓦格纳。

总统也要靠边站

王国民

前不久，我受学校委托，前往美国纽约新开的一所小学义务支教，和我搭档的是一个叫约翰的本地小伙子。

刚到不久，就遇到了麻烦事，按照当地法律，一所学校必须配备能一次坐下全校师生的校车，我所支教的这所学校是私人所办，所配备的校车数量远远不够。

那天下午，约翰写了一封求助信后过来找我，他说，眼下只能这么做了。我看到收信人居然是纽约主管教育的副市长卡斯·霍洛维，惊讶极了："你确定这样做能达到预期效果？"

我不禁责怪约翰做事太草率，这要是在中国，一个普通的老师求助购买十多辆校车，我想都不敢想象其中的难度。没想到约翰只是笑笑说："你等着看好了。"约翰把信交给了邮差，邮差了解了一番后，便在信封上贴上了特急的字样。

见我惊讶，约翰告诉我："纽约市有规定，凡是寄给市长的都是特急，有专人专送，市长必须亲自拆启。"

第二天早上，天蒙蒙亮，我听见约翰大声叫我的名字，跑到门口一看，校门口多了十几辆崭新的校车。我不禁笑了，这办事效率也太快了，昨天下午写的求助信，不到十个小时，车就全部到位了。

后来我才知道，卡斯·霍洛维市长在收到这封信后，觉得事关重大，立

即召开各部门紧急会议，经过协商，紧急调运了一批新车，忙完这些，已经是清晨六点了。

过了几天，我和约翰接到了带学生去博物馆参观的任务。十多辆校车在校园里一字排开，护送孩子上车后，我也跟着上了一辆车。车上刚坐满人，我正想找个抓手站住，心想反正也要不了多长时间，站站就到了。可约翰说："王老师，您不能坐这辆车了，已经满员了。"

我终于忍不住对约翰说："不就是多一个人吗？在国内，我们的公交车超载几十个都能跑，而且还很安全。"

约翰不可思议地看着我："超载？不，在美国，这是绝对不容许的事情，安全第一啊！这可是我们的法律，我们都必须遵守。"

我不禁感慨，原来较真也是一种幸福，而这种较真的来源和保障，居然是美国的法律，这让我对美国全社会执行"以人为本"的观念大加赞叹起来。接下来的事实，让我真正见证了美国人的较真。

我只好上了另一辆校车。一路上所有的车都自觉避让。车到达目的地后，司机按了一下按钮，一块"STOP"的标志牌便鲜明地亮起来，我发现，校车前后二十五米范围内的车都停了下来。下车时，我看见不远处有一列车队，上面插的是白宫的旗帜，一个黝黑的中年人走下来，面带微笑朝我们走来。

奥巴马？我的心不禁一热，我对约翰说："连总统的车队也不能超车？总统日理万机，这耽搁一分钟造成的损失，可无法估量啊！"

约翰转头看了一下我，说："总统？在美国人看来，总统再大，也没有法律大，在美国法律里，校车拥有优先通行和停车权利，就是总统也得靠边站。"

约翰走上去，和奥巴马热情握手，然后说："您要是有空，就帮我指挥一下学生吧！"奥巴马点了一下头，然后像个尽职的老师负责指挥学生。等学生都走进去后，奥巴马又热情地和我说："友好的中国兄弟，谢谢你。"

等校车走了，奥巴马才走进车子里。长长的车队跟随在校车后面，缓缓地跟进，正如约翰所说的那样，连总统的车队也不敢超越。

　　看了这一幕，我不禁响起国内不绝于耳的"以人为本"这一说法，确实，我们天天都在说以人为本，但似乎都是停留在口头上，校车超载，车辆在马路上行驶视行人如无物。

　　美国人的较真似乎把我们的振振有词全部颠覆了，但是细想起来，这份较真还是合情合理的。合情，讲的是法律；合理，则是以安全为第一要务，不掺杂任何人情和利益在里面，看似无情的制度也就变得人性化了。其实，这是一种真正能让人尊重的较真。

伸出手来爱

王国民

谁也没有料到，车在半路上就遭遇了洪水，司机的第一反应就是溃堤了，他紧急把车开到了附近的一个山头上，仅仅几秒钟，洪水就吞噬了整条公路。

正是凌晨，在荒无人烟的山区里，人们感到了恐惧和害怕。大家都下了车，有人开始打求救电话，但警察告诉他们，所有的路都被淹了，车根本过不来。有人开始打家里电话，边打边哭，车厢里弥漫着浓郁的悲伤气氛。

很多人在想，要是有附近的居民来营救，那该多好啊！

到八点的时候，雨停了，太阳也露了出来。

人们惊奇地发现，此时，他们如处在一个孤岛上，周围是肆无忌惮的洪水，而且水位也越来越高，不出三个小时，他们将被洪水吞噬。

突然一串童音响了起来："别害怕，我来救你们了！"是个十五六岁的少年，站在十米外的一个山头上，他的手里拿着一根绳索。

本是喧闹的场面突然安静下来，大家你看看我，我看看你，似乎都不相信这个孩子的能力。

半晌没有反应，少年只好走了。半个小时后，孩子又回来了，他的旁边多了个老人。老人说，河水溃堤了，所以救援队一时半会儿赶不过来，想脱离险境，就得自救。

有一个中年人试图"试水"，但被湍急的洪水逼退。中年人说，洪水这么急，过不去。人群再次骚动起来，有人便喊："老人家，我们现在该怎么办？"

老人却冷冷地说:"半个小时前,你们可以从立身处朝右边走,有条小径,虽然有水,但不至于构成危险,从那条路,你们可以登上山顶,那里有条索道,直通我所在的这个山头。只是现在,你们失去了这个机会。"众人循着老人手指的方向看去,在半空中果真有条索道,连着两个山头。

很多人羞愧地低下了头,老人转过身来,朝少年说了几句,两个人头也不回地走了。

十五分钟后,少年再次出现在对面的山头上。此时,他离大家的安身之处有十米远,中间的一条小径淹没在滔滔洪水里。

少年又说:"我来救你们了,谁先来?""我!"一个男孩儿站了起来,旁边立刻有人扯他:"不要去,谁知道他能不能把我们救起?再说了,就是救你,价格也相当不菲,我们恐怕支付不起,还是在这里等警察到来吧。"

少年的眼睛突然有点红了:"弟弟,你相信我吗?"小孩儿点点头说:"我相信。"少年点点头,然后把手上的长绳系上铁钩,扔了过来,但因为距离太远,铁钩落在离岸两米处。

少年大声说:"你找根棍子,把它挑起来,然后缠绕在你旁边的大树上,多绕几圈。"男孩儿依言做了。少年又说:"现在你可以过来了,伸出你的手,紧紧抓着绳子,死也不放松。"

男孩儿依言做了,死死地抓着绳子往前走,汹涌的洪水,好几次把他冲得七零八落的,十米的距离,男孩儿足足走了一刻钟。

在孩子的影响下,大家陆续顺着绳索走过来,顺利到达了安全地。

后来有人不解地问少年,你这样不求名,不求利,到底图的什么?少年就给我们讲了个故事,故事与老人有关。他说,三年前,他和老人去外地,老人因为心脏病突发,当时很多人看热闹,最后还是一名的哥主动送他们去医院,还没要车费。

少年接着说:"当时我十分感动,我想,这个社会其实也没那么可怕。所以三年来,我一直在努力地帮助别人,我希望通过我们的手,能让爱心温

暖这个世界。"

我想，少年说的是事实。其实，这个世界上，人和人的距离，近在咫尺，伸出一双手，相信爱，就能改变你我！

家有一只青花罐

郭超群

自从叔叔退休后，他每天都要到书房，把家里的那只青花罐擦了又擦。我忍不住好奇，问叔叔，这个宝物值多少钱？叔叔笑了，说这只青花罐是无价之宝，然后给我讲了下面的故事：

故事从爷爷说起。爷爷是个军人，参加过远征缅甸的战争，后来与部队失散，随后流落在缅甸。三年后，爷爷娶了当地一名华人后裔，也就是我的奶奶。爷爷一直想回老家，但路途太远，爷爷也没有多少积蓄。叔叔二十岁时，爷爷病倒了，为了筹钱给他治病，家里卖光了所有值钱的东西，但离昂贵的手术费还有很大一段距离。无奈之下，叔叔只好把家里的一只青花罐拿到了古玩市场。虽说是个赝品，但如果不是行家，无法看出破绽。为了给爷爷筹集医药费，叔叔也只好出此下策了。

叔叔在古玩市场站了三天，由于价钱卖得太高，根本无人问津。那天晚上，叔叔失望地正准备离开，突然有人拍他的肩膀，是个美籍华人："你要卖这个罐？"叔叔说："是的。"毕竟这是个赝品，没说两句话，叔叔的脸红了。中年人边把玩着青花罐，边和叔叔攀谈起来。中年人说，他来自美国，他的叔叔是个收藏爱好者，这次他来缅甸是专门来帮叔叔搜集青花瓷器。叔叔呆了，沉思了一会儿，他突然说，其实这个窑罐……

中年人拍拍叔叔的肩膀，说："我知道，你一定是遇到难题了。可是我手头没带这么多现金，这样吧，我先交一部分定金，明天再来找你。"

　　第二天中午时，叔叔刚从医院出来，就意外地碰到了中年人。中年人兴高采烈地说："找你找得好辛苦啊！钱我已经带来了，货呢？"

　　叔叔咬着嘴唇说："实话告诉你吧，这是个赝品，不值那么多钱。"中年人呆了一会儿，然后笑了。叔叔惶恐不安地摊着手说："可你的定金我已经给医院了，我暂时没法偿还。这样吧，这个青花罐你拿着，等我凑到了钱，我再赎回来。"

　　中年人突然提高了声音："不，我买。"叔叔诧异地说："赝品，你也要买？""是的。"中年人眼睛湿润了，"这青花罐虽然是个赝品，但在我的眼里，它就是无价之宝。所以，我情愿再加一千缅元。"叔叔心怀感激地收下了钱。然而，爷爷还是没有挺过来，在一天后不幸去世。按照叔叔最后的遗愿，他的骨灰将送回老家安葬。

　　在临行之前，中年人再次出现了，他手里拿的正是那个青花罐。中年人说："我听说了你叔叔的故事了……"离开之时，叔叔和中年人相拥而别。

　　叔叔却一直忘不了那些温暖的日子，总是不停地把那只青花罐擦了又擦……

上帝的礼物

陈静

距离我居住的小区 200 米处，有个汽车站牌，不知道从什么时候开始，站牌的遮阳亭下入住了一个女人，精神似乎有些不大好。她大约 40 岁，白天到处游逛捡垃圾，晚上就睡在遮阳亭下那条不足一尺宽的铝合金长条凳上。

有几次，我路过站牌，居然看到她坐在长条凳上安静地看报纸或者杂志，便对她心生好奇：她从何而来？有着怎样的身世？她的家人呢？

后来，还真有知情者告知：原来，她的家就住在附近的农村，她曾经也有个幸福的家庭，丈夫高大帅气，很知道疼她。可是，有一天，她突然对丈夫说想吃烤鸭，丈夫二话不说骑上摩托车就到市里买去了。谁知，回来的路上却发生了车祸，她丈夫在被送进医院后，经抢救无效离开了人世。她经受不住打击，认为丈夫是被自己害死的，从此就疯掉了。

刚开始，她的父母一直照顾她，可几年后她的父母也因病先后去世了。她的母亲在生命的最后一刻，将她亲手交给了她的哥哥。可是，祸不单行，她的哥哥不久前也患癌症去世了。于是，她便从家里跑了出来，把这个站点当成了"家"。

听完她的遭遇，我从心底开始对她有了一种说不出的怜悯。一次，我上街买菜，正好看到她坐在遮阳亭下一个人喃喃自语，便到菜市场专门买了一袋包子给她。谁知，当我把手中的包子递给她时，却遭到了她的严词拒绝，她嘴里还不停地说着："谁稀罕你的东西，拿走。"我说："那你饿了吃什

么呢？"她说："这不用你管，上帝会管我的，我饿了，上帝会给我送吃的，上帝给我送了好多好多礼物呢……"听着她的疯言疯语，我只好无奈地走了。

后来我还给她送过好几次食物，均遭到了她的拒绝。有一天，我离老远就看到一位年近花甲的老人拎着一袋食物正走向她，我心想，不用说也会像我一样遭到拒绝。可是，当老人和她简单交流了几句后，她居然接过了食物，还大口大口地吃了起来。

这究竟是怎么回事呢？我急忙跑过去追上老人问原因。老人对我说："是这样的。那一年，她丈夫出车祸后，被送进了医院，她守在丈夫身边两天两夜，后来，她丈夫终于苏醒了，吃力地对她说：'我要走了，你以后一定要好好活着。'她哭着说：'不，你走了，让我怎么活下去？'她丈夫说：'上帝会保佑你的，上帝会给你一切的。'就这样，她丈夫死了，可她也疯了。但她却记住了丈夫的最后一句话'上帝会给你一切的'。所以，你只要告诉她，这些食物是上帝送给她的礼物，她就会接受。还有，如果碰到她不在时，你只要把送给她的东西写上'上帝的礼物'，她回来后就会坦然接受，否则她就会把你给她的东西扔得远远的。"我被老人的话震动了，世间竟有如此真情。

后来，越来越多的人知道了"上帝的礼物"这个故事。再后来，她所在的站牌里堆积了越来越多的东西，有纯净水、面包、饼干、衣物和被子等，而这些都是"上帝的礼物"。

把鲜花送给别人

鲁先圣

一个人每天是快乐的还是忧郁的，不在于物质的富裕，而在于你自己的心灵。

有一个中年妇女，在她的丈夫去世不久，她的即将成年的儿子和女儿也竟然在一次飞机失事中同时身亡。人间的一切温暖和亲情都突然消失，巨大无边的痛苦和悲伤包围着她，她无法面对一个个孤独的长夜。久而久之，她得了抑郁症，整天都想着怎么自杀结束自己的生命。

有人推荐她去拜访世界著名的精神医学家阿德勒先生。阿德勒问她最喜欢什么。她告诉阿德勒，自己喜欢养花，但是自从丈夫和孩子死后，就再也没有心情养了。她说："欣赏的人都走了，再养还有什么意义呢？花圃荒芜很久了。"阿德勒说："不！你继续养你喜欢的花，会有人喜欢的！你养了以后，每天清晨送给附近医院里的病人，一个人一枝。按照我说的去做，你很快就会快乐起来！"

阿德勒给她开的治疗抑郁症的处方是：每天想想，怎样才能使别人快乐？怎么才能让别人感觉到人世间的爱心力量。

妇人听了阿德勒的劝告，回到家就开始重新整理花圃，撒下种子，施肥浇水，花圃里很快就枝繁叶茂、花团锦簇了。从此，她每天清晨都把自己亲手栽培的鲜花送到病房里去，有康乃馨，有玫瑰，有菊花，有兰草。病人们都发自内心地说："谢谢你，天使。"她每天去，都会听到一声声谢谢。这

美好的感谢，让她感觉到自己对社会是一个多么有用的人。

不久以后，人们发现她的抑郁症消失了，原来笼罩她身心的忧伤和孤独都不复存在，她每天像一个快乐精灵出现在大家面前。她甚至显得更加年轻而漂亮。

她没有想到，她有了更多的朋友，人们像关怀自己的亲人一样关怀她。那些出了院的病人，回到不同的城市，每当节日的时候，都会给她寄来贺卡和礼物，还会给她写来热情洋溢的信件，介绍自己的生活，祝福她快乐。

每天养花送花，听到人们的感谢，接到远方的祝福，她感觉自己成了世间最幸福的人，内心深处充满了无边的喜悦。

很多人总是梦想着自己能够得到鲜花和掌声，但是忘记了把鲜花和掌声送给别人。

别人的恩典，自己的责任

李良旭

父亲常常对我说起这样两个故事：抗日战争时期，父亲是一名新四军战士。一次，一个新战士在擦枪时，不慎走火，一发子弹擦着父亲的眉毛飞过。随着一声刺耳的枪声，父亲和那位新战士全惊呆了，刚才那一幕可太惊险啦！连长走了过来，对那位新战士进行了严厉批评，还要关他禁闭。父亲却淡淡地说道："刚才发生了那件事虽然很惊险，但我还应该感谢他的恩典。"

连长疑惑地问道："你怎么还要感谢他的恩典？"父亲说道："是的，如果他的枪口再稍微抬高几毫米，我的脑袋就开花了，这不能不说是他对我的恩典；同时，我更加认识到自己的责任，我们只有拥有高度的责任感，才能不对自己的同志犯过失。"连长听了父亲的一番话，沉思良久，说道："你说得很对，无论什么时候，只要没对我们造成致命的伤害，我们都应该记着别人的恩典，牢记自己的责任，才会取得战斗的胜利。"

父亲说完这个故事，就用手捶打了一下我的肩膀，诙谐地说道："你说，我是不是要记着他的恩典？如果当时他的枪口再稍微抬高几毫米，不就没有你小子今天了吗？"

我摸着自己的脑袋，嘿嘿地憨笑着，心里却暗暗思忖，父亲说得真好。

"文革"时，父亲被"造反派"打倒了。那个"造反司令"更是疯狂之极，他将父亲押上主席台，抽出裤腰上的皮带，用力抽打着父亲。父亲身上被抽打得一道道血痕，"造反司令"最后竟将皮带抽断了两截，父亲遭受了

非人的痛苦和折磨。"文革"结束后，那个"造反司令"专门上门，向父亲表示道歉，请求父亲宽恕自己当年的鲁莽和幼稚。父亲握着那个"造反司令"的手，爽朗地笑道："我应该感谢你的恩典啊！""造反司令"听了，一脸疑惑地望着父亲。父亲说道："当年，你如果再抽重点，或者再抽断几根皮带，我这命早就呜呼哀哉了。""造反司令"听了，羞愧地低下了头。父亲转而又语重心长地说道："我们要记住别人的恩典，更要牢记自己的责任，不盲从、不跟风，尊重每一个生命，也是对自己的尊重。""造反司令"听了，连连点头，脸上露出羞愧的神色。

父亲每说完这两个故事后，总是语重心长地对我说道："孩子，人生中，无论别人对自己造成什么伤害，是有意还是无意，都应该感谢别人的恩典。有些伤害是难免的，有时是受环境、气候、人云亦云等因素的影响。当自己力量无法改变这一切时，只能默默地接受、默默地承受，这是一种隐忍，更是一种智慧。不记恨、不消极、不耿耿于怀，心中才能永远充满感恩和爱。"

这两个故事，我听了一遍又一遍，但每次从父亲口中说出，就会感到一种新颖和别致。用一颗恩典的心，对待那些给我伤害和给我使绊的人，淤积在心中的那些苦闷和忧愁，就会渐渐化解，使我的脚步迈得轻盈起来。

回过头去看，我真的要感谢别人的恩典，才使我一直走到现在。往前看，我更清楚自己的责任：不轻易去伤害一个人，甚至伤害一朵花的绽放，这也是一种做人的底线和尊严。

不会发出声响的破碎

李良旭

邻居老王是个十分热情、好客、开朗的人，邻居家有什么困难，他总是热情相助，而且有求必应。邻里之间，和王师傅相处得很和睦、很融洽。王师傅有时在家弄了几个下酒菜，也喊我到他家和他一起喝两盅。遇上这么一个好邻居，真的是人生一种幸福啊！

一次，我和老王又坐在一起喝起酒来。三杯两盏酒喝下去，老王轻轻地叹了一口气，好像有什么心事。我看出了端倪，忙问他有什么心事？

老王说，他和老伴过几天就要去加拿大，给女儿带孩子，要半年后才能回来，可这家没有人照看，心里很着急。

我豪爽地说道："你也别发愁了，你走后，我帮你看门！"

老王听了，高兴地拉着我的手说道："老弟啊，太感谢你啦！"

我说："谢啥呢？我不在家时，你不是每天帮我接送小孩儿吗？邻里之间，互相帮个忙是应该的。"

老王临走时，将他家大门钥匙交给我，还不停地说，希望他们不在家这段时间里，就让我把他们家当作是自己的家，千万别客气，想怎么用就怎么用。

我接过钥匙，热情地说道："放心吧，你不在家这段时间，我一定把你家当作是自己的家！"

王师傅激动地说道："还是邻里好，赛金宝啊！"

就这样，每天晚上我在家忙好了，就去王师傅家检查一下门窗和水电气，

然后就在他家休息。

星期天，几个朋友来找我打牌。我一想，老王家正好有一台自动麻将桌，就让朋友到老王家打牌。朋友们看到老王家没有人，房子又宽敞，心里甭提有多高兴啦。大家打牌、唱歌，饿了，就到厨房烧点东西吃，再喝上几杯啤酒，大家好不快活。

有朋友小声地提醒："我们这样把家弄乱了，人家回来会不会有意见？"

我把手一挥，说道："我和邻居老王亲如兄弟，他对我说了，把他家就当作是自己家，不要客气。"

听我这么一说，大家再也不把自己当外人了，无拘无束，潇洒自如。

转眼，半年过去了。那天，老王夫妻回来了，他们进门一看，见我带着一帮朋友在他们家打牌、唱歌，家里弄得乌烟瘴气、乱七八糟。老王站在门口，一下子愣住了，好像不认识是自己家了。过了好一会儿，他才缓过神来，脸上露出一丝惊讶和不悦的神色。

朋友见是主人回来了，个个尴尬地离开了。

不知怎的，老王从此再也没有喊我到他家喝酒。我有几次喊他到我家来坐坐，老王也推辞了。过了一段时间，老王夫妻又要到加拿大给他女儿带孩子去了，我以为老王又要找我替他看家。

不过，他这次没有再找我帮他看家，而是喊了一个亲戚过来了。我心里很不解。

老王回来了。我对老王说："你这次到加拿大帮你女儿带孩子，怎么没让我帮你看家？"

老王神情复杂地回答道："你忙，你忙！"然后，显得很忙的样子，匆匆告辞了。

望着老王匆匆离开的背影，我心里充满了疑惑和不解。

闲暇，躺在床上看书，看到台湾著名作家林清玄在一篇文章中写道，信任、关系和诺言，这三样东西，是人与人相处中最宝贵的东西，它们比金子都珍贵。

但是，这三样东西，也十分脆弱，稍有不慎，就会被打碎。而且这三样东西被打碎，不会发出任何声响。

看到这里，我仿佛被什么东西重重地击打了一下，一骨碌从床上跳起。我想到邻居老王为什么不再让我看家的答案了，原来我打碎了维系在我们之间最宝贵的三样东西：信任、关系和诺言。

不露痕迹地施与

周礼

　　十八岁那年，我考上了省外的一所大学，父亲本来要送我，但被我拒绝了。临行前，他千叮咛，万嘱咐，让我一路上一定要注意安全。我不耐烦地说："知道了，您回去吧！"说完，我头也不回地上了火车。

　　这是我平生第一次出远门，也是我第一次坐火车。我不知疲倦地注视着车窗外移动的风景，一切都是那么新鲜而又美丽。临近中午，火车上有人推着盒饭来卖。正好我的肚子饿得咕咕直叫，于是伸手去摸兜里的钱，这一摸让我心惊胆战，浑身直冒冷汗——兜里空空如也，只有一条被划破的口子，像一只鳄鱼张大着嘴巴。小偷是何时来光顾的，粗心的我全然没有察觉。

　　原以为《天下无贼》的场景只会发生在故事里、电影里，没想到却实实在在地落在了我的身上。从小到大，我从未经历过这样的事，顿时六神无主，不知所措，一下子瘫软在座位上。怎么办呢？现在自己身无分文，身边又没有一个亲人和朋友可以依靠，既不能进，也不能退，我陷入了绝望的境地。

　　就在这时，旁边座位上一位中年男子关心地问我："小兄弟，你怎么了？看你脸色很差，是不是生病了？"

　　我摇摇头。想起自己的景况，忍不住伤心地哭了起来。中年男子见状，慌忙安慰我说："小兄弟，你别着急，有什么事讲出来，说不定我能帮上你的忙呢！"

　　我抹了一把眼泪，抽泣着向中年男子讲述了自己遭遇小偷的经过。我满

以为自己的不幸会博得中年男子的同情，并帮助我渡过难关，谁知中年男子听后并没有实际的行动，只是感叹着说："火车上的治安环境不太好，你一个人出门要小心些！"

我失神地望着窗外，先前认为美不胜收的风景一下子变得暗淡了。我不敢想象，接下来我会遇到怎样的困难，或许只能靠乞讨才能到达学校。为了稳定自己的情绪，我从包里拿出一本书来读，那是中学毕业时语文老师送给我的一本旧书。

我做梦也没有想到，事情会在突然之间出现一百八十度的大转弯。当旁边那位中年男子看到我手里的书时，眼里闪现出奇异的光芒，他激动地对我说："小兄弟，你这本书卖吗？"

我简直不敢相信自己的耳朵，竟然有人喜欢这本破书，我眼里顿时有了一丝希望，像是抓住了一根救命稻草，想也没想就高兴地说："当然要卖，只是不知你能出多少钱。"

中年男子伸出了三个指头。我失望地说："三十？"中年男子摇摇头说："不是，三百！"

此刻，不要说三百元，就是两百元，我也十分乐意。我大喜过望，赶紧将手里的书递给那位中年人，生怕他会后悔。不过，我的担心似乎完全多余，中年人爽快地从钱夹里取出三张百元大钞给我，然后爱不释手地抚摸着，像是获得了什么珍贵的宝贝。

有了这三百元钱，我不但不会挨饿，而且去学校的资费也绰绰有余。也不知过了几站，中年男子从货架上取下行礼，向我挥挥手说："小兄弟，我下车了，你多保重。"我也朝他挥了挥手，感激地目送着他离开。

到达学校后，我心里竟有些后悔，因为我觉得那本书应该不止值三百元，但这并未影响到我的心情，很快，美好的大学生活就让我将这件事淡忘了。半年后的一天，我无意中在一个地摊上发现了一本跟我那本一模一样的书，一问价格，只要三元钱。那一瞬间，我突然明白过来，那根本不是一本值得

收藏的书，中年男子用独特的方式帮助了我。

这件"小事"我一直深深地珍藏在心中，它让我懂得了：无形的帮助，是对受助者最大的尊重。

不要让真心成了昙花

凉月满天

她在我们单位专门搞清洁。

每天她都到得很早，到大家上班的时候，楼梯啊、栏杆啊、会议室的桌凳窗台啊，都已经擦得亮晶晶了，花上沾着水珠，地板上也湿润润的，把浮尘和声音都吸了进去，怎么笑闹都是静的。

她很爱笑。每次我都亲亲热热叫她："嫂子！"她就欣悦地答应："哎！"眼睛四周就有明显的笑纹浮出来，亲热里带着丝丝谦卑。一个自由职业者，对一个又一个衣冠楚楚的"工作人"，有时候这种反应就是不由自主的。

有时候见她扶着腰喘粗气，我说，嫂子歇会儿吧。她说，就快干完了。后来我才知道，她干完这个之后，回家还要给一家"老北京糖葫芦"专卖店穿糖葫芦，扛一袋子红果回家，小刀去核，竹签穿好，一根九分钱。一天下来，能穿将近二百串，十几元钱呢！

有一阵子，单位组织女工练瑜伽，专门请教练来教，放着音乐，拉筋伸腿。教练是个漂亮的女人，动作像鱼一样，轻柔舒缓，起舞弄清影，不似在人间。有一次门没关严，透着一道缝儿，我看见嫂子正往里边看。

所以下次我就邀她："来嘛，一起来嘛！"

她慌忙摆手："不不不，算了算了。"

教练也笑，半开玩笑地说："来跟大伙儿玩玩吧，不收你钱的。"

大家就都拉她："来吧，来吧。"

　　然后她就来了。一群人里面，大概数她学得最认真。她说："那个，我天天弯腰拖地板，听人家说，这个治腰疼……"

　　这样连续来了十来回，瑜伽训练就结束了。最后大家多多少少都对这个美丽的瑜伽老师有礼品相送，有送领花的，也有的送一条丝巾，还有的送巧克力。嫂子显然对此也有准备，从随身带的一个薄塑料袋子里，掏出一条大红花裙。

　　她的脸上泛着红光，捧着它，十分虔诚地道谢，说："谢谢老师教我，我现在腰好多了，也想不出该送老师什么，这条裙子，你就收下吧！"一边笨嘴拙舌地说着，生怕人不要似的，一边猛往老师的手里塞。

　　哎哟，那件大花裙哟，色彩那么浓艳，面料也太普通，俗坏人的眼睛，这样的东西，让人家品位高雅的老师怎么穿！

　　没想到老师的眼睛一下子亮起来，捧着大花裙一脸惊喜："哎呀，谢谢大姐！"然后就迫不及待地把裙子穿上身，在后腰打一个漂亮的蝴蝶结，美滋滋地问大家："好看不？漂亮不？"

　　我暗暗吁了一口气。所有人都开始觉得，这个大花裙，果然很美丽。

　　天下事最重要的都永远是真心。不光做事的人要有真心，还要有识这真心的人。要不然，再真挚的一份心意，也会成为水面上转瞬即逝的雨泡，抑或变成开在深夜无人欣赏的昙花。

惭愧也是一种德行

凉月满天

"莎衫筠笠，正是村村农务急，绿水千畦，惭愧秧针出得齐。"卢炳的这半首《减字木兰花》翻译成白话，就是青箬笠，绿蓑衣，挽着脚杆下田地，绿水千畦，哎呀惭愧，碧洼清波秧针细。本是活画出一片好光阴，可是奇怪，农人见禾苗整齐，正该喜悦，为什么要惭愧呢？

所以说，他懂农人的心：撅腚向天，俯首向地，纷纷碎碎的汗珠子，这样拼死劳力，赢得能预见年丰岁稔的好景致，却并不骄矜自喜，而最知惜福，好比是撒骰子，偶然撒出个好点子，便觉是上天眷顾，于是觉得难得、侥幸、欣喜，于是"惭愧"。

胡兰成《今生今世》里说："中国旧小说里，英雄上阵得了胜或者箭中红心，每暗叫一声惭愧。"也是这个意思，又"元杂剧里谁人升了官或掘了宝藏，或巧遇匹配良缘，都说圣人可怜见或天可怜见"，也是觉得落在自己头上的是不期而至的好运气，需要祷天，需要祭地，需要平起心来称一声"惭愧"。

就连陆游都"行年九十未龙钟，惭愧天公久见容"，也并不把自己活九十还耳聪目明当成自己会养生的效果，而是觉得虽是己身无德，却劳天公格外偏爱，于是惭愧。

有惭愧心的人，每天总是问问自己："我做得好吗？我有没有对得起别人？"没有惭愧心的人，却会根根怒眉如针，一声声质问别人："你做得好吗？

你有没有对得起我？"佛家忌"我执"，皆因"我执"太盛，则天地间只有一个"我"字，"我"是最大的、最好的、最该得着的、最不该失去的，花也是我的，叶也是我的，世间金粉繁华俱都该归我，清风明月又不能白给了别人。有惭愧心的人则如会使化骨绵掌的高人，把"我执"一一化去，所以《遗教经》上又说："惭愧之服，无上庄严。"庄严就在于，有惭愧之心的人觉得，花本不属我，我却得见，叶不属我，我也得见，金粉繁华哪里该有我的份呢？惭愧，上天垂怜于我，我享受这些真是该惭愧的。

所以惭愧是自见其小、自见其俗、自见其弱、自见其短，而红晕自觉地上了粉面。见高人圣者自然要叫惭愧，见乞丐行走路上而自己衣装鲜亮，也要暗叫一声惭愧，那意思未必一定是也要自己污服秽衣，不过是叫自己起惜福之心，知道悯恤他人；未必讨吃要饭的为人做人不如己，不过是天生际遇相异，所以万不可端起一个傲然的架势，从鼻尖底下看人；见人做了侠义的事、仁和慈悯的事，更要暗叫一声惭愧，因同样的事情当头，未必自己就能如人，或有心无力，或有力却无心，都值得惭愧；即便如人一样做了，也要叫一声惭愧，因惭愧自己不能做更大更好的事，好比一块布，由于幅面所限，不能绣一朵更大的牡丹；抑或因了幸运，自己竟能成了大事，那更是要叫一声惭愧，因必定是有上天眷顾，才能成器，这一声惭愧，是叫自己把头低下来，不可因之多加了傲慢冷然杀伐之气。

钱钟书替爱妻杨绛序《干校六记》，讲一般群众回忆时大约都得写《记愧》：或者惭愧自己是糊涂虫，一味随着大伙儿去糟蹋一些好人；或者惭愧自己是懦怯鬼，觉得这里面有冤屈，却没有胆气出头抗议。也有一种人，他们明知道这是一团乱蓬蓬的葛藤账，但依然充当旗手、鼓手、打手，去大判"葫芦案"。按道理说，这类人最应当"记愧"。不过，他们很可能既不记忆在心，也无愧怍于心。他们的忘记也许由于他们感到惭愧，也许更由于他们不觉惭愧。

读章诒和的文章《谁把聂绀弩送进了监狱》，聂绀弩戴上右派帽子以后，发配到北大荒劳动改造，于 1960 年冬季返回北京。然后便不断有人主动将他

的一言一行、一举一动都"积极配合公安机关"，告发检举上去。这些人都是他的密友，自费钱钞，请聂喝酒畅谈，然后将他的言行"尽最大真实地记录"下来，又有他赠友人的诗，也将里面的"反意"都抠出来，于是他便被抓，被关，被整，挨苦受罪。聂绀弩去世后，出卖他的人写怀念文章，那里面没有一点儿歉意。这些人未必不懂惭愧，不过却是着实害怕惭愧，所以尽量不去惭愧。

惭愧，我不如他。

惭愧，竟见垂怜。

惭愧，当做之事未做。

惭愧，分外的福分竟得。

一切都值得惭愧。贾母祷天，未必不是因知惭愧而惜福。她虽待见凤姐，凤姐却是一个不知惭愧的人。她受了大婆婆的气，也会羞得脸紫胀却气恨难填，又因从她房里抄出高利贷的债券连累家运而羞愤欲死，却不会因贪酷致人而死而惭愧，所以她是无本的花，无根的叶，又如剁了尾巴当街跳梁的猴，虽是热闹，后事终难继。

一本书里解汉字"惭愧"，说它是："心鬼为愧，心中有鬼也。斩心为惭，斩除心中之鬼，是为惭愧。人若知惭愧，常斩心中鬼，则鬼无处藏无处生。心中无鬼则问心无愧！"真是饭可以乱吃，话不敢乱讲，敢说自己问心无愧的，倒多半是大话，真值得惭愧。

惭愧是一种德行，好比一丝阴影，旷野骄阳下行路的一蓬花叶，直待我们"亭前垂柳，珍重待春风"；也是藏起来的暗器，再躲也没用，不定什么地方和什么时刻，以什么方式，我们就会和它来一个猛烈的不期而遇——一箭穿心。

朝下的力量

李良旭

让家人和朋友不可思议的是，小姨大学毕业后，竟然到殡仪馆找了一份化妆师的工作。家人对她的举动极为反感和不解："你什么工作不能干，干吗要去干和死人打交道的工作？"

二舅说："闺女，到我公司里来干吧，保证亏不了你。"三叔说："孩子，到我们小学当个老师吧，那是很适合女孩子干的工作。"小姨的男朋友说："你要到殡仪馆上班，我就和你分手。"

面对亲友们不解的目光和规劝，小姨只是淡淡一笑，依然在殡仪馆努力工作着。

小姨用她那灵巧的双手和善于发现美的眼睛，给逝者带来完美的仪容和尊严，给家属带来一缕慰藉和感动，他们夸她有一双天使般的手。

小姨深深地爱上了这项工作，她在这项工作中，看到了人生的幸福和快乐。她不仅多次受到领导的表扬，而且还赢得了宝贵的爱情。

小姨在出席表彰大会上，说了这么一句话："人各有志，做自己喜欢做的事，一步一步地走下去，就会享受到人生中别样的幸福和快乐。"

买了一套新房，请来了一家装潢公司帮助设计、装潢。公司老板是个四十多岁的中年人，给人一种处事干练、沉稳的感觉。

我不经意地发现，他虽然是个公司老板，可一点儿也没有老板的架子，事必躬亲，许多小工做的事，他也都亲自来做，而且对待工人很和善、关爱。

我不禁好奇地问道："您这个老板怎么什么事还亲自干啊？"

他听了，笑道："大学毕业后，我开始了自主创业。我从最普通的一个小工干起，瓦工、木工、油漆工……就这样，慢慢地，我积累了一些经验，有了一些资金积累后，我注册成立了这家装潢公司。我深深地体会到，生活在底层人生活的不易和艰难。给我手下的工人以更多的关爱和温暖，其实也是关爱和温暖我自己。无论我公司今后发展有多大，我都会永远像个小工一样，这是我人生的底线。"

儿子回家探亲，跟我说起了他们公司的情况。说起他们公司的老总，儿子更是喜形于色。儿子说："我们公司老总可好了，每天早晨上班时，他总是站在公司大门口，和每个上班的员工握手、问好。员工过生日，他都要送上一个蛋糕，并包个红包。他常常和职工促膝谈心，了解职工有什么困难和要求。他还常常到车间一线，与工人在一起干活。"

儿子说："我们老总常说，他也曾经是个打工仔，经过多年的摸爬滚打，才有了公司今天这个规模。"

儿子说："老总充满人性化的管理方式，使我感到了一种人格的尊重和温暖，这是我在这家公司得到的最好的福利。"

那一刻，儿子的脸上露出幸福和甜蜜的笑容。笑得是那么明媚，那么清澈，好像连眉毛都在笑哩。

中央电视台著名主持人白岩松曾说过这么一件事。在央视最后一次分房时，他排倒数第一。这个分数，肯定拿不到朝向好的房子。许多人都认为，他肯定不会要的，甚至还会发一顿牢骚。没想到，白岩松轻轻地一笑道："没关系，朝下我都要！"

"朝下我都要！"这句话，后来成了中央电视台的至理名言。朝下，是一种力量；朝下，是一种进步；朝下，才能拿出更多向上的勇气。

诚信的价值

程应峰

　　一位顾客走进一家汽车维修店，自称是某运输公司的汽车司机。"在我的账单上多写点维修项目，我回公司报销后，有你一份好处。"他对店主说。

　　但店主拒绝了这样的要求。顾客纠缠说："我的生意不算小，会常来的，你肯定能赚很多钱！"店主告诉他，这事无论如何自己也不会做。顾客气急败坏地嚷道："谁都会这么干的，我看你是太傻。"店主火了，他要那个顾客马上离开，到别处去谈这种生意。这时，顾客露出微笑，并满怀敬佩地握住店主的手："我就是那家运输公司的老板，我一直在寻找一个固定的、信得过的维修店，还让我到哪里去谈这笔生意呢？"

　　面对诱惑，不怦然心动，不为其所惑，守住了人格的底线，也就是守住了事业发展的空间。

　　一位有钱的绅士，一天深夜走在回家的路上，被一个蓬头垢面、衣衫褴褛的小男孩儿拦住了。"先生，请您买一包火柴吧！"小男孩儿说道。"我不买。"绅士说着，躲开男孩儿继续走。"先生，请您买一包吧！我今天什么东西都没有吃呢！"小男孩儿追上来说。绅士看到躲不开男孩儿，便说："可是我没有零钱呀！""先生，你先拿上火柴，我去给你换零钱。"说完，男孩儿拿着绅士给的一英镑跑了。绅士等了很久，男孩儿仍然没有回来，绅士无奈地回家了。第二天，绅士在自己的办公室工作，仆人说，来了一个男孩儿要

每一颗种子都有爱的心

求面见绅士。于是男孩儿被叫了进来，这个男孩儿比卖火柴的男孩儿矮了一些，穿得更破烂："先生，对不起了，我哥哥让我给您把零钱送来了。"

"你哥哥呢？"绅士问道。

"我哥哥在换完零钱回来找你的路上被马车撞成重伤了，在家躺着呢！"绅士深深地被小男孩儿的诚信所感动。

"走！我们去看你哥哥！"在男孩儿家，重伤男孩儿一见绅士，连忙说："对不起，我没有给您按时把零钱送回去，失信了！"绅士被男孩儿的诚信深深打动。当他了解到两个男孩儿的亲生父母都亡故时，毅然决然把他们的生活所需承担下来。

以诚信待人，是做人的准则。若因"诚信"而"傻"，这种"傻"总是令人为之感动和鼓舞的，而许多所谓的"聪明"，很多时候都是聪明反被聪明误。

小乔治家有一个很大的果园。一天，小乔治在家里发现了爸爸新买来的一把斧子。很快，他就成了这把斧子的"主人"。他带着它跑进果园，用它削小草、砍树枝，玩得可开心啦！玩着玩着，他突发奇想：父亲能抡起斧子砍倒大树，我能不能抡起斧子砍倒小树呢？正巧，在他的面前有一棵小樱桃树，于是小乔治抡起斧子向小樱桃树砍下去，一下，两下……一会儿工夫，小樱桃树就倒下了。黄昏时分，当父亲发现果园被弄得乱七八糟，他十分喜爱的那棵小樱桃树也被砍倒了，非常生气。他怒气冲冲地走进屋里，厉声问道："谁把我的樱桃树砍倒了？"小乔治这时明白自己闯了祸，但他仅仅犹豫了片刻，便抬起头看着爸爸，态度诚恳地说："爸爸，我不能说谎，是我用斧子把树砍坏的，我愿再栽上一棵，以后再也不砍了。"小乔治的话音刚落，他父亲的怒火顿时消散，称赞小乔治的诚实胜过一千棵樱桃树的价值。

一棵树去了，可以再植，诚信一旦丢失，却很难找回。一句话，物的价值是有限的，诚信的价值却是无法限量的。

墨子说："言不信者，行不果。"庄子说："真者，精诚之至也；不精不诚，

不能动人。"孔子也说："人而无信，不知其可也。"从古至今，真正聪明的人，无一不把诚实信用当作成就人生的宝典。诚信不可或缺，一个人，一个团体，一个社会的安全与尊严，成功与失败，都与诚信有着千丝万缕的联系。

从猫到玫兰妮

凉月满天

刚出门就听见猫叫，左看右看，不见猫影，有点儿着急。到处乱找，终于找到了，一只黄白花纹的虎皮猫，正蹲坐在一株细高细高的幼椿树的树顶，紧抱着树枝，纹丝不敢动。它就那么居高临下地看着我，大眼圆睁，叫"喵，喵"，翻译成人话，估计是："救命，救命！"

炎天赤日，暑气熏蒸，37℃的高温，再不救它，估计过不了今天，它的小命就没了。我抱着树使劲摇，打算把它摇下来，结果它一害怕，抱得更紧。

继续上班，一路上耳边老响着它的"喵喵"哀声，无意中瞥见一大溜红色的消防车，心头一喜：消防车上有云梯，救它小菜一碟啊！于是，我迫不及待地打电话，一个女士问我，我说很抱歉，我们家没着火，不过一棵树上卡了一只猫，下不来了，能不能麻烦你们……话没说完，那个女人硬邦邦砸我一句："都不在，出警了！"电话里传来嘟嘟的忙音。我不甘心，再拨电话过去，换了个人接听，说："你看，为只猫出警，很不切实际的，说到底，不过一只猫……"不等我再说，电话又被挂断，我无可奈何。

想起刚读到的一则新闻：旅顺口有个村子，三位渔民驾驶木船出海，机器出了故障，他们只能喝海水，吃鱼饵，在海上漂了五天五夜。正在绝望之际，他们十分幸运地看到一条船迎面开来！三个人用尽全力，大叫救命。船越驶越近，触手可及，没想到船上的人甩下一句话："你们慢慢漂吧。"随即扬长而去。那个年纪最小的帮工无法置信，心灰意冷，非要跳海自尽不可，

被船长死命拉住。当他们终于获救时，时间已经过去了六天七夜。报道说，小帮工接受采访时仍然萎靡不振。

想来一辆消防车和一只猫的关系，大约就等同于那艘船和三个落难渔民的关系，都是一个强，一个弱，一个见死不救，一个命在顷刻。对于强势的一方，"救命"本来唾手可得，却都采取了放弃。我不知道这是为了什么：设身处地想想，难道生命不是最珍贵、最该被庇护的吗？

说到底，这种人与人、人对物之间的疏忽、冷漠，也许是缺乏"通感"的结果。

《乱世佳人》里有个美丽善良的玫兰妮，她的丈夫参加了南北战争。1865年，战争终于结束，士兵们衣衫褴褛，缺食缺水，只能拖着赢弱的身躯，经过艰苦的长途跋涉回家。当时美丽的南方饱经战火劫掠，一片焦土，同样缺衣少食，昔日养尊处优的贵族，吃的也是不足量的玉米粥、干豆子。身体虚弱的玫兰妮，在战争的洗劫下一贫如洗，只剩下半条命，却省下极其有限的口粮，分给路过此地的士兵。外人不解，她饱含痛苦地回答："哦，就让我这样做吧，这会让我心里好受一些。也许会有人像我一样，在我丈夫饥饿的时候，分给他一些吃的，好让他有力气，能早一些回到我身边。"

行善就是这样简单，来自最原初、最本质的一句心声。今生你并不知道哪一天会落雨，会刮风，当你身处凄风苦雨时，也不知道陌生的谁会送你一把伞、一件衣，让你得到切切实实的温暖。但你总要相信，这样的人肯定存在，而你，也必将成为这样的人。

下班后，我向先生求救，他二话不说，回家就上了铺着石棉瓦的储物小房，小心翼翼地站在房檐上，伸长了胳膊去够树枝。风动枝摇，他也跟着乱晃，猛的一下，一只脚踏出房檐，我"啊"的一声。他好不容易才把树枝拽向自己怀里，捏住猫的脖颈，小心翼翼地提它下来。猫绝处逢生，晕头转向，满房乱窜，清醒过来，"哧溜"下去，瞬间没了踪影。

我和先生相视而笑。

善良就像一根接力棒，或者一条看不见的生态链，只有环环相扣，棒棒

相传，我们的世界才能变得安全而温暖。一旦厄运发生，当有人或者小动物在向我们喊"救命"的时候，也许我们维护的不是他或它的生命，而是我们自己的生命和幸福。

大商无算

张珠容

　　1900年6月16日，庚子之变中，一把大火烧毁了北京前门外大栅栏地区铺户民宅数千家，设在此地的山东瑞蚨祥分店的库存丝绸布匹和来往账目也全部化为灰烬。大火刚灭，瑞蚨祥掌门人孟洛川第一个在废墟上支起帐篷，搭起木板，宣布恢复经营。他还贴出了大字告示：凡本店所欠客户的款项一律奉还，凡客户所欠本店的款项一律勾销，本店永不歇业！

　　孟洛川的一亏再亏引得周边顾客议论纷纷：哪有光还别人钱，不讨回自己的债的？孟洛川简直就是傻瓜一个！但是，主动让利于顾客的孟洛川很快就得到了意想不到的收获——那些欠瑞蚨祥银款的顾客个个感激涕零，于是纷纷介绍自己的亲戚朋友来，让他们成了瑞蚨祥的忠实顾客。

　　在现代，和孟洛川一样的傻瓜同样也不少。但实际上，最大的傻瓜往往就是最明智的商人。

　　2005年春节前夕，罕见的暴风雪下了整整十八天，山东威海市城里城外都被厚厚的积雪覆盖，交通严重瘫痪。威海市各家超市的农副食品出现了断供，影响了市民的生活。在这关乎民生的关键时刻，山东家悦超市有限公司的董事长王培桓为解燃眉之急，竟然租用了挖掘机，调动自己的物流车队，组织员工用四辆履带车开路，到八十里以外的蔬菜基地宋村扒开冻土，从菜窖里挖出蔬菜。在暴风雪中，他们把三百八十六吨蔬菜运进了威海市，给风雪中的威海市带去了一份温暖与祥和。

此时，其他超市的菜价已经涨了十倍以上，王培桓却决定：菜价一分钱都不涨。一时间，同行们纷纷讥笑王培桓："放着大把的钱不去赚，他真是天底下最大的傻瓜！"

大半个月之后，这场暴风雪终于过去了，威海市蔬菜、水果、肉类的供应没有再出现短缺的现象，价格也渐渐恢复了正常。有趣的是，绝大多数消费者更喜欢到家家悦超市去采购物品。原来，在物价上涨期间，人们感恩于家家悦超市"菜价一分不涨"的善举，所以，即使暴风雪停了，他们也不惜舍近求远，到这家超市去购物。而拥有了大批的忠实顾客之后，家家悦超市每天都门庭若市，生意异常火爆。

大火烧毁瑞蚨祥，孟洛川为何一亏再亏？风雪袭击威海，王培桓为何不涨一分菜价？或许，我们能从孟洛川讲过的四个字中找到答案。

晚年，孟洛川携儿孙登泰山。望着东方冉冉升起的旭日，他的儿子想到父亲纵横捭阖、驰骋商场七十余年的壮阔人生，恭敬地问："父亲，您这一生的经商之道是什么？"孟洛川在东岳之巅沉思良久，出人意料地说出了四个字："大商无算！"

大商无算！是的，孟洛川"无算"，宁愿吃亏也不失仁义，但正因如此，他带领下的瑞蚨祥发展成了享誉海内外的中华老字号；王培桓"无算"，白白让出了百万利润给消费者，但正因他善于吃小亏，企业才赢得了顾客的青睐，得以长久发展。

丢失的信任

周海亮

　　小时候的村子里，全村锁头加起来，不会超过十把。门倒是结实厚重，关上，严丝合缝。门上两个大门环，其中一个门环上拴一根红布条。须锁门的时候，红布条往另一个门环上一搭，就算锁上了门。锁上门，别人就不能擅自闯入。那时候，对村人来说，一根一扯即断的红布条，远比现在的防盗门结实百倍。

　　想想那时候，人与人之间，是怎样的一种信任啊！红布条其实更像告诉别人，现在家里无人看管。然从我出生直到我离开村子，也从未听说过谁家丢过东西。后来我将这件事说给朋友听，朋友说，因为贫穷吧？家里没什么东西，所以才不怕偷。我笑了。我想，他没有经历过苦日子，才会这样说。事实上，越是穷苦的日子，一点点生活资料才显得尤为珍贵。随便一个人，随便推开一家，扛走一袋或者半袋粮食，都可能要了一家人的性命。

　　然而，没有。

　　所以来到城市以后，很长一段时间，我对人与人之间那种相互提防的紧张感极不习惯。为防贼人歹人，防盗门紧闭；为防受到欺骗，不与陌生人说话；为防受到伤害，不敢对朋友推心置腹；为防受到讹诈，不敢见义勇为。因少了信任，我们活得小心翼翼，苦不堪言。

　　还有，我们去饭馆吃饭，会怀疑他们的饭菜不干净；我们去公司应聘，会怀疑他们是否只为骗取我们的报名费；我们购买打折的商品，会怀疑商品的质量有问题；我们看到电视上的明星广告，立即会不假思索地脱口而出，

骗子!

　　信任之所以丢失，是因为我们或者我们身边的人曾经受到伤害。我们不想受到伤害，所以，对别人，对别人的所为，我们宁愿不信任。

　　我常常想，信任之所以丢失，其实，我们每个人都参与其中，包括你我。在这个信任缺失的年代，也绝没有一个纯粹的受害者，包括你我。

　　前几日回老家，见到农村的变化，很是欣喜。然欣喜之余，又很是伤感。我见到各种各样坚不可摧的铁门和各种各样坚不可摧的锁头，那种一根红布条就可以让别人莫入的年代，真的是一去不复返了。

　　那天在超市门口，一个素不相识的小男孩儿突然交给我一只脏兮兮的断线的风筝，然后命令我，帮他看一会儿！人就跑进超市。他在超市里待了半个多小时，我在超市门口替他看了半个多小时。那天我非常忙，但是那天，我必须也只能拿着那只也许永远不会再飞上天的风筝，直到他再一次从超市出来。

　　因为那天我隐约看到一根搭在门环上的红布条，因为那天我感受到一种久违的来自于陌生人的信任。因为我想，不管可不可以，就让人与人之间的信任，从一个不谙世事的孩子这里重新开始吧！

第三辑
接受你感恩的心

是的，良心是上帝的眼睛。或许，冥冥中，上帝用他的眼睛在每时每刻窥视着我们每一个人，所以我们都要遵守道德的底线，做一个有良心的人。

恩重奶山

鲁先圣

我的好友林就要应加州大学的邀请前往做访问学者了。他是我们这些朋友中唯一获得博士学位的人。我去给他送行。在他宽敞的客厅里，我们依依惜别，还认真地听了他的一段叙述。没想到，林这些年来奋发努力的源泉，原来是从一个偶然发生的故事里开始的。

他的家乡在偏僻的乡村，那里很穷，能吃饱饭的人家就算是殷实之家了。他家里四口人，奶奶、父亲、母亲和他。奶奶常年有病，父亲身体也不好，家里只靠母亲一人。在他八岁那一年，父亲的身体稍稍好一些了，跟着村里人到一个小煤窑去挖煤。不料正赶上了小煤窑坍塌，被砸死了。没有挣到钱，为了埋葬又借了很多钱，家里的饥荒就更大了。

临近春节，奶奶躺在床上有气无力，母亲出去一整天卖家里仅有的一垛谷草，没有人买，又拉了回来。这个时候，不要说买肉过年，第二天吃的也没有着落。八岁的他已经懂事了，看着母亲悲苦的神情，他想到自己养了一年的两只小白兔。那是父亲活着的时候花一元钱给他买的。父亲说，你要天天割草喂它，它就会生很多很多小白兔，然后把小白兔卖了当学费，就有钱读书了。这一年多，他天天割草，风雨无阻，小白兔已长成了大白兔，过了年就能够生小白兔了。

他经常对奶奶和母亲说，他要让它生一院子的小白兔，卖很多的钱，除了上学够用，还要给奶奶治病，买好东西给母亲吃。他实在是舍不得卖啊！

可是，看着病床上的奶奶和无奈的母亲，他咬了咬牙说："把我的小白兔卖了吧，好买肉给奶奶包饺子。"母亲的泪水唰唰地落下来。她知道那是儿子的全部希望和寄托，可是家里实在没有任何东西可以换钱了，总得让婆婆和儿子吃一顿水饺呀！八岁的他把两只小白兔装进背篓就到集市上去了。他蹲在街口，两只手抓着小白兔的两只耳朵，向过往的行人喊："谁买小白兔？"喊了多少遍，过了多少时间，他记不清了。到了中午时，一个穿制服的人在他面前停了下来，问他为什么卖小白兔，家里的大人为什么让他一个小孩子来卖。他一五一十地全说了，从父亲给他买小白兔，到他养小白兔，还有他的希望和憧憬。

他记得那人听后沉思了很久，而后掏出五元钱，又从上衣口袋里拿出一支钢笔给他说："小白兔不要卖了，还要养着将来上学用，这支钢笔送给你写字。"而后那人帮助他把小白兔装进背篓，让他赶快回家去。五元钱对于当时的他家来说是笔大钱，他们过了一个很富裕的年，买了肉，买了白面，还有鱼。第二年春天，他的大白兔一次就生了六只小白兔，兔的规模一下子到了八只，后来最多的时候到了三十多只。他一年当中卖小白兔能有几十元的收益，足够他上学用的，还能贴补家用。

博士告诉我，他之所以能读大学，正是这些小白兔的功劳。几十年来，他一直都在寻找那位帮助过他的人，却一直没有找到。他说，他一生受过很多帮助，但只有那一次最令他刻骨铭心。他说，也许那个好心人早就忘记了那样一件小事，他也许永远都不知他的那一次举手之劳，对于当时的那个孩子却是恩重如山。我对林说，我们永远也不可能找到那个人了，但我们有更好的办法可以了却心愿，让我们在自己的生活中，经常做这样五元钱和一支钢笔的事情。

林已经远赴加州。我相信林早已把这个美好的故事讲给了来自世界各地的学生，而我也一直为这个故事感动着。

感谢生活

纪广洋

在吉林通化，我遇到一个山东老乡（他老家是山东巨野的），他目前是通化一家私营企业的老板，个人资产逾亿元。

坐着他的"奔驰"过浑江大桥时，他忽然对我说："生活就像这江水一样，急流、漩涡、泥沙俱下，既能灌溉良田，又曾洪水泛滥……"我问他为何有这番感慨，他呵呵一笑，欲言又止。

直到游览了玉皇山，在玉皇庙附近的一家酒店盅来杯往时，他才接上过江时的话茬，颇有感触地说："真得感谢生活，是现实生活给了我硬朗的体魄和事业的发达。"接着，他向我讲述了生活经历中令他终生受益、终生难忘的三个过程。

在他刚刚三岁的时候，他的父亲因一场交通事故撒手人寰。他与母亲和一个大他两岁的姐姐相依为命。在他的记忆里，家中的不幸不仅没有得到邻居们的同情，还常常因为势单力薄遭人欺凌。母亲受的委屈他不十分清楚，他和姐姐受的凌辱却历历在目。邻居家有两个和他姐姐差不多大的男孩儿，欺侮他姐弟俩如同家常便饭。在他们的淫威下，他吃过鸡粪，钻过裤裆……直到他上小学五年级的时候，那两个家伙还常常无事生非，说打就打、说骂就骂。

有一次，那两个家伙在放学的路上平白无故地拦住了他和姐姐的去路，三句话没说，就分别将他姐弟二人按倒在地，污言秽语，拳脚相加。就在这时，他母亲正好下班路过，被眼前的场景惊呆了。接着，她操起棍棒疯了似的把那两个坏孩子打跑了。当他流着鼻血从地上爬起的时候，母亲的泪水像断了线的珍珠簌簌滴落在他的身上、脸上……他和姐姐受了这么多年的欺侮，从没像那天那样入心炸肺、震撼灵魂——母亲委屈的泪水和沉闷的哭声像一声炸雷，令他潜伏已久的男儿气概终于惊醒了。从此，他刻苦习武，拼命打拳，立志捍卫自己的尊严和母亲、姐姐的安危。上初二的时候，他和姐姐双双跑回家，他满脸惊恐地对母亲说："儿子惹祸了，把那两个家伙都打得不能动了。"母亲先是一惊，接着镇静下来，眼含着泪说："没事儿，孩子，咱砸锅卖铁给他们疗伤……"后来，他练就了一身好武艺，出落得身强体壮、气宇非凡，为他的事业和追求奠定了另一种传奇色彩的底蕴。他说，他非常感念那两个曾经给过他"帮助"的哥们。

在他上到高二时，因家境拮据而辍学之后，进了一家私营饭店，一边打工一边学习厨艺。可是，店里的老板娘性情诡谲，不仅想方设法地阻止他学习厨艺、克扣他的工钱，还常常指令他充当"走狗"，去参加斗殴，替她卖命。后来，他实在忍受不了老板娘的刁钻、刻薄和暴戾，毅然放弃了那个差使，到另一家私营企业去打工，才有机会结识了他的领路人，也就是他的老岳父。

说起他的老岳父，他有些激动，那是一个德才兼备的私营业主。在他刚到那个私营企业去打工时，当时的老板（那时还不是他老岳父）开口就问他："你认为你适合干什么？"当他说适合烧饭或做保镖时，老板哈哈地笑了一阵，拍着他的肩膀说："我这里不缺烧饭的，也用不着保镖，而是缺有理想、有才干的企业精英！你如果想有出息，就先去学习吧，一切费用由我出。"后来，他一边干门卫，一边参加业余的自修班。两年过后，他不仅拿到了企业管理的相关文凭，还学习了计算机和英语，一跃成为该企业的骨干人才，接着晋升经理、副总经理、总经理。在短短的三五年时间里，把原本的小地方企业做成了国际机构的大企业，在韩国、俄罗斯开设了分部，产品远销十几个国家和地区。原来的老板提前"退休"，并做了他的老岳父。

就在我附和着赞美他的老岳父时，他却说："其实，更应该感谢的是那个逼我走人的老板娘，要不是她，我就不会有今天——试想，如果她是另一个人，另一个让我留恋的主儿，我在那个饭店里还不知要干上多久……"

他看我若有所思地不再说话，就又说："现实生活是个大课堂，课程越艰涩、越丰富，越能'培养'出优秀的'学生'来。"

仔细想想，其实，生活对于我们每个人来说，就是这样。

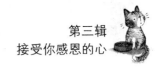
管好你的表情

李良旭

大学毕业后，我辗转于各个城市之间，历尽波折和艰辛，最后，终于在一家房地产开发公司谋到一份职业。有了工作，一扫淤积在心中的阴霾，每天上班下班，我都笑容满面，仿佛沐浴在春风里。人家都说我是一个乐观、开朗，而又充满自信的一个人。

一天，老板把我喊到董事长办公室找我谈话。这是我进入公司后，第一次被老板召见。那一刻，心里既激动又不安。激动的是能被老板亲自召见，这是一种荣誉，甚至有一种受宠的感觉，从其他员工羡慕的神色中就可以看出；不安的是老板召见我不知是什么事，是自己工作没做好，抑或其他方面的原因？我的心里不免有些忐忑不安。

老板见到我，和颜悦色地肯定了我的工作能力和一段时间来的工作业绩。老板的一席话，让我一扫内心的不安，心里溢满了温暖和激动。

突然，老板话锋一转，对我淡淡地说了句："以后要管好你的表情，不要让自己失败在表情上。"

我听了，感到很疑惑，管好我的表情？这个问题真新鲜，我的表情难道有什么问题吗？

老板看到我疑惑的神色，一改刚才那种和颜悦色的表情，严肃地对我说道："对，管好你的表情！这一点很重要，管好自己的表情，始终是职场上一道永恒的考题，它关系到你职场上的成败，关系到你人生取胜的武器，关系到你人生未来的走向……"

老板一口气说了这么多的"关系到"，让我一下子感到这个问题的严重性和紧迫性。我想，我的表情上难道出现了什么差错吗？

看着老板，我的脑海里忽然闪现出这样一幕情景：那时我才七八岁的光景吧，还是个少年不识愁滋味的年龄。踏着月色，我和父亲一前一后地往家里走去，身后拖着我们长长的身影，有时很长，有时很短。我在父亲的身边，欢快地用脚踩着父亲的身影，不停地发出咯咯的笑声，连声说道："我踩痛爸爸了！"

父亲回过头，看到我心花怒放的样子，温和地说道："孩子，这影子是没有生命的，你看我的表情就知道了，我一点儿感觉也没有。"

听了父亲的话，我抬起头，看到父亲一脸平静，看来父亲真的一点儿也不疼。

父亲又仿佛想起了什么似的，对我又和蔼地说道："孩子，将来你长大了，就会知道，一个人的表情是多么重要，表情，就是一个人内心世界最真实的反应。"

听了父亲的话，我向父亲做出一个怪脸表情，还是嘻嘻哈哈地在父亲前后撒着欢儿。那是我第一次听到关于人的表情的话，觉得那是一种很神秘、很深奥的东西，离我很遥远、很陌生。

今天，当老板对我说起了我要管好自己的表情时，我顿时意识到，我已不再是那个七八岁的小孩了，我到了要对自己脸上表情负责的年龄了。

一次，老板带我去看望一个生病住院的员工。从医院出来，老板对我淡淡地说了句："你以后要管好你的表情。看望病人，脸上的表情应该是沉重和温暖的，而不应该是僵硬或者是笑容满面的。"

老板这么一说，一下子让我有种警醒的感觉，细细想来，我刚才的表情真的开始是一脸僵硬，后来又笑容满面了。我仿佛不是来看望病人，而是来会客的。再想想老板刚才的表情，他进了病房，首先弯下腰，伸出手，一脸深情地轻轻地询问着员工的病情，其间，还用手轻轻地整理了他的被褥。有医生进来查房，老板还走到医生跟前，神情庄重地向医生询问起了员工的病情，并再三叮嘱，一定要好好治疗。那一幕，让卧在病床上的员工，感动得眼睛

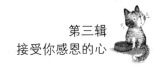

里溢满晶莹的泪花。

一次，老板带我去和一个客户洽谈业务。老板因临时有事，要我先和那个客户洽谈一下，他一会儿就到。

我和那客户交谈没一会儿，就感到很不融洽，就漫不经心地和他搭着话。过了一会儿，老板不知什么时候进来了。很快，老板就和那客户热情地交流起来，脸上满是喜悦。

告别客户后，老板像想起了什么似的，对我说道："我刚才进来的时候，看到你跟客户交谈的气氛不太融洽，因为你的表情已告诉了我。"

我不禁从心里敬佩老板的洞察力，心想，我这漫不经心的表情，自己没有察觉到，却早已被人一览无余观察到了。我不禁暗暗自责起来，看来，表情真的是职场上一个深奥的考题啊！

两年后，我被董事会任命为开发部门的主管。老板再次召见我，他对我说道："我只想提醒你一句话，无论何时何地，都要时刻管好你的表情，这是你取得不断进步的法宝。否则，就有可能制约你向更高的顶峰攀登，甚至毁了你的人生。"

我感动地望着老板，眼前顿时变得一片朦胧。感谢我遇到了这么一个好老板，一直在提醒我要管好自己的表情，他使我在职场上少走了许多弯路，人生的路变得顺畅起来。

我不禁想起看到过的一篇报道：伦敦奥运会男子自行车公路赛现场，54岁的英国男子马克·伍斯福德在观看比赛时，被警方以"面无表情"为由逮捕。

警方在逮捕马克·伍斯福德时指出，马克·伍斯福德不像是在享受比赛的乐趣，他那种面无表情的观看，实际上是一种恐怖。当别人都在兴高采烈、欢天喜地地呐喊、鼓掌，他却在那里面无表情、冷若冰霜地观看，对别人的心理是一种巨大的伤害和摧残。

英国《泰晤日报》在评论中指出，管好你的表情，是一种人生的生存智慧和态度。表情，就是一种最真实的情感流露，任何人都能读懂表情上的语言，它让我们看到了人性的美好和灿烂，也让人们看到了隐藏在表情里面的险恶与卑鄙。

寒风中的母子

周莹

脑海深处，久久不能散去的是去年冬天的一幕。天空不见雪花的影子，偶尔刮过寒冷干枯的风，吹打在人的脸上感觉生疼。

我是一个怕冷的人，穿着厚厚的羽绒服去学校上班。路过街道拐弯处，我看见一个中年妇女，抱着一个四岁多的男孩儿，坐在冰凉的地上，面前铺着一张报纸，上面零星地散落着路人施舍的钱币，有一元、五角、一角……五元的也有几张，十元的几乎没有。

她没有穿棉袄，仅有薄薄的一件羊毛衫，露在外面的右脚还有些变形，脚跟裂开了好多道深深的血口。男孩儿的小脸冻得通红，目光里流露出丝丝忧伤。

我停止了前进的脚步，同是母亲，我儿子也和他一般大小，现在正坐在有暖气的幼儿园里做游戏。男孩儿用明亮的眼睛打量着我，让我顿生怜爱之感！

于是，我快步走到马路对面的包子店，要了两笼包子。我走到他们的面前，递给她："大姐，趁热给孩子吃，暖和一下身子。"男孩儿睁大眼睛望着我，舌头不停舔着嘴唇，不知所措的小手伸出来，又缩了回去。

她望了望我，然后对男孩儿说："你吃吧！阿姨是老师，是好人，心是善良的！"男孩儿才怯生生地拿了一个包子，塞进嘴里。就两三下子，包子就不见了。他喉咙里鼓起了一个大包，咽得白眼直翻。"你慢点儿！不要吓

着阿姨了。"她责备着男孩儿。

我立刻再递上一个包子。男孩儿这次没有犹豫,接住有些烫手的包子就朝嘴里塞,狼吞虎咽的样子。"大姐,你也吃一个吧!"我把一袋子包子都给了她。她一只手接过包子,一只手开始抹眼泪。"别伤心!总有出太阳的一天。"我安慰着她。

"阿姨,你说今天会不会下雪呢?"男孩儿摸摸嘴唇问我。

"下雪?你不怕冷啊?"我疑惑地问。她掐了一下男孩儿的腋下。

"妈妈说,要是今天能够下雪就好了。下雪了,我们可以多要点钱,团年时,躺在床上的奶奶就可以喝到骨头汤了。"她又使劲地掐了一下男孩儿的腋下。

接着,她红着脸告诉我,她住在五百八十里外的大山里,丈夫三年前从自家屋上摔死了。自己的腿又残疾,不能种地。年近八十岁的公公是个聋子,婆婆一直瘫痪在床。为了孩子和年迈的公婆,才来到这座城市,靠乞讨养活着一家人。她说,其实她也不想这样,尤其是对孩子的成长有影响。

没有看出来,黝黑的脸膛下面隐藏着一颗善良的女人心。她身体虽然残疾,但是心灵不残缺。虽然我也不富有,但还是掏出一百元钱,塞到男孩儿的手里。转身离开时,心却抽筋般疼痛着,不为她,而为我自己。作为一个人民教师,我为构建这个和谐社会做出过什么呢?

晚上从学校出来,拐过十字街口,迎面扑来一股袭人的寒气,感觉快要下雪了。

街道拐弯处,母子俩依然坐在那里。冰冷的水泥地不会因她们一天的依偎有半点的温暖。但她紧紧地把男孩儿抱在怀里,一动不动。远远看去,像一尊雕像,在这个车来车往的城市里静止。人流穿梭的"动"和雕像一般的"静",形成了鲜明的对比。

我走过去,拉住男孩儿冰凉得没有温度的手,再次递给她一袋热气腾腾的包子。"妹子,你是好人啊!天色晚了,你也回家吧!孩子正在家门口望

着你呢！"她抛给我一个苦涩的笑容，然后就把头深深地埋在男孩儿的背上。

我等的车来了。跨上车门的那一瞬间，我回头凝望时，她依然坐在那里，像一尊僵硬的雕像。

"老师，你是好人！"男孩儿冲着我的背影喊叫着。

到家的时候，天空终于飘起了大团的雪花，尽管我很怕冷，但还是开心地笑了。

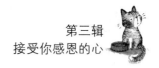

回赠春天

余显斌

香港著名导演张鑫炎在做客中央电视台，回忆拍摄《黄河大侠》时，讲了一个故事。

1982年，张鑫炎带着摄制组来到陕北，当时正值冬季，陕北特冷。每天早起，地上都结着厚厚的冰，演员们身上拍戏时泼的水，不一会儿就结成了冰挂。

每天开拍时，四边都围着一些陕北的娃娃，在那儿吸溜着鼻子，瞧热闹。其中一个孩子，有四五岁的样子，头上剃着小茶壶盖，穿得也很破烂，天天都来看热闹，而且很认真。

大概是处于同情，也大概是处于喜爱，张导当时从身上掏出两角钱，交给孩子，说："天冷，去买碗馄饨吃吧！"

孩子接过钱，望着张导，笑了，天真的眼睛里，满是感激。两角钱，现在提起来，不值得一说，可在1982年，在贫穷的陕北，对一个小小的孩子来说，它确实是一笔不小的收入，确确实实能买一碗馄饨，或者一碗别的东西，让贫穷的农家孩子解一下馋。

男孩儿拿着钱，高高兴兴地走了。

下午，他又来了，站在顺河风中，穿着破羊皮袄，有滋有味地看着拍戏。天快黑了，张导又一次从兜里掏出两角钱，递给小孩儿，说："拿去吧，买一碗吃的。"

男孩儿接过钱，望望他，又一次满是感激地走了。

第二天一早，当他们来到拍摄地时，一地的冰霜中，男孩儿早早地来了。在人群中，他挤啊挤，竭尽全力地挤到张导的身边，掏出点东西，悄悄塞到张导的衣兜里，调皮地笑笑，走了，站在远处看起了拍戏。

张导正忙着，感觉到怀里热热的，忙伸手一摸，原来是两个烧好的土豆，又大又圆，显见是孩子在家里挑的最好的，特意烧熟了送来。剥掉皮，玉白色的瓤子还散发出浓浓的香味。"吃一口，那个味啊，"二十多年后，张导回忆说，"直透到心里。这，是我在陕北吃得最好的东西。"

下面的听众听了，响起了热烈的掌声。

张导坐在台上，像是对观众，又像是自言自语，说："这是一生中让我最感动的一件事，一直以来，我都把它埋藏在心中，默默地享受着。今天，主持人问我在拍摄《黄河大侠》时，记得最清楚、最受感动的事是什么。我认为，就是这件事。"

老人眯着眼，望着远方，思绪仿佛又回到了当年，回到了陕北。面前，仿佛又出现了那个男孩儿和那两个又大又圆的烧土豆。

老人说，后来，他曾多方打听这个孩子，可由于当时没有问小孩儿的名字，也就不知道他的下落。"也不知道他家境如何，也不知道他读书没有，不能给他点经济援助，心里很有愧，我就给那所山村小学捐献了一些图书。现在，他怕也成家了吧。真感谢他，给我留下了这么美好的记忆。"七十三岁的老人说着，流下了真诚的感激的眼泪。

台下，听众掌声潮起，这个美丽的故事，也让很多人流下了感动的眼泪。

二十多年的岁月，没有抹去老人心底那段美丽的回忆。

二十多年的岁月，同样没有磨蚀人们对这份美好的感动。

坐在电视机前，我同样流下了感动的眼泪，深深体会到：友善，原本就是一粒种子，当你在无意中赠送别人一粒时，得到的，将可能是整个绚烂美丽的春天。

毁了画，却修了心

张珠容

在西班牙博尔哈镇一座教堂的墙壁上，一直存在着一幅精美绝伦的壁画。这幅壁画画的是戴着荆棘冠的耶稣，它的作者是 19 世纪著名画家马丁内斯。去年，这个教堂屋顶的局部在一次暴风雨中被毁坏，墙上的壁画也因此受到一定程度的摧残。加上年代已久，壁画上的颜料慢慢剥落，荆棘冠耶稣明显"受伤"了。

最先发现壁画损坏的是住在教堂附近的一个八十岁老妇伊莲娜。伊莲娜是一名虔诚的基督教徒，她常来教堂做祷告。眼看着壁画损坏的程度越来越严重，伊莲娜既心疼又着急。她好几次叫孙子去当地文化局提修复壁画的建议，可孙子次次无功而返。原来，文化局的人告诉他，修复好壁画需要一笔不菲的经费，而当地政府一时拨不出来。

伊莲娜又气又急，她想，再这么下去，壁画上的颜料肯定会掉光的。与其看着它慢慢模糊，不如自己冒险尝试一下！伊莲娜冒出了一个大胆的想法：自己修复壁画。她觉得，虽然壁画上的颜料已经掉了一部分，但耶稣的形象早已刻画在自己心里，只要自己凭着记忆，肯定能修补得差不多。

她到街上买回颜料，开始了伟大的"修复工程"。可是，艺术毕竟是艺术，壁画并不是随便哪个人都能画得了的，加上伊莲娜已经八十高龄，所以她的手一直在颤抖。就这样，伊莲娜越修越糟糕，她把耶稣的嘴巴修成了模糊一片，把荆棘冠描成了一个毛皮罩……最后，壁画被伊莲娜修改得面目全非。

全部修完之后，伊莲娜显然也被眼前的壁画吓了一跳。她不明白为什么自己的热心却换来了如此糟糕的结果，她更不知道，自己的无心之过即将面临一场大考验。

原来，就在十几天前，远在他乡的壁画作者的孙女玛丽亚也得知了壁画损坏的消息。她也心疼不已，于是四处募集善款。三天前，玛丽亚将一大笔善款汇给博尔哈镇教堂的负责人，希望他出面请修复专家来修复祖父的经典画作。让他们万万没想到的是，一个八十岁老妇竟然赶在他们前面抢先"修好"了壁画！只不过，现在的壁画已经完全被"毁容"。

壁画被毁的事情被媒体披露之后，包括伊莲娜在内的所有人都猜测，作为最大的受害人，玛丽亚肯定会向法院起诉伊莲娜，因为壁画已完全失去艺术价值。但出乎所有人的意料，玛丽亚不但没有起诉伊莲娜，反而特意找到她道谢。

这个戏剧性的转变让所有媒体记者感到疑惑，他们找到玛丽亚，询问她为何如此善待一个毁掉经典壁画的人。玛丽亚说："之前壁画失修，文化局一直没有请人修复，所以伊莲娜奶奶才自告奋勇前去修补。正因为如此，她才闯了祸。她的犯错说明了什么？说明她比任何人都爱惜、心疼我祖父的画，她迫切希望壁画早日恢复原样！我想，祖父天上有知，一定可以原谅伊莲娜奶奶，因为壁画还可以再画，但这样的善心不多得！"

所有人都为玛丽亚的回答感到震惊，全场安静了下来。片刻之后，有人带头鼓掌，一秒钟后，全部的人都跟着鼓起了掌。他们在为玛丽亚的宽容喝彩，更为伊莲娜的善心感动！

站在一旁的伊莲娜早已热泪盈眶。

的确，虽然她毁了壁画，却修复了世人的心。

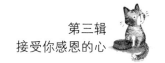

俭以养德的曾宪梓

程应峰

　　他幼年丧父，与勤劳善良、吃苦耐劳的母亲相依为命。他爱好体育运动，特别是打篮球、踢足球，常常赤着脚在村里的空地上跑来跑去，虽然当时的足球实际上是一些未成熟的土柚子，既不够圆，也缺乏弹性，但他玩得很开心。即使他这样热爱运动，但家里也没钱给他买鞋，他唯一的一双鞋是哥哥穿旧了的力士鞋，只有走亲戚时才有机会穿。

　　童年的苦难磨砺出他的斗志。他靠奖学金以优异的成绩读完了大学。毕业成家后，他移居香港，与夫人同心协力，靠一把剪刀，剪裁出一片全新的天地。成功后，为社会慈善公益事业，他做到日均捐款八万元，达二十七年之久。但他的生活极其俭朴，每餐半碗米饭，一点点肉，一些青菜，每餐的消费不超过十元。在应酬招待客人时，所有吃不了剩下的食物，他常常亲自动手打包带走。

　　童年的困苦造就了他节俭的美德。即使在成为逾四十亿港元的上市公司老板后，在日常生活中，他依然节俭得令人难以置信。

　　有一次，他赞助并组织全国各大足球队到沈阳打"甲级足球邀请赛"。期间，他的西裤中间裤缝脱线一寸多长，无论如何都不能再穿了，他只得穿上了另外唯一的一套西装。赛事结束，回到北京，第二天，除中午与体育报记者有约之外，再没有其他特别的安排，他便决定抓紧时间到北京著名的王府井大街看一看，实地考察一下市场行情。

当时，北京的交通管理条例明文规定，所有外来车辆一律不得驶入王府井大街，他只好让司机将车暂时停放在北京饭店停车场，自己带着几个随员步行到王府井大街里的百货大楼。从百货大楼走出来时，外面正下着倾盆大雨，由于有约在先，返回百货大楼买雨伞已经来不及了。他毫不犹豫冒雨一路奔跑，冲向北京饭店。坐进车里赶回体育宾馆时，他浑身上下、里里外外全部湿透了。

没有衣服可换，没有时间去买，随行人员不知如何是好，便出主意说："老板，不如我们给体育报打电话，就说您临时有事，来不了啦。"他摇摇头说："不行，这点小事算得了什么，做人不可以这样不尊重别人、不守信诺。没关系，湿衣服没有换的就不用换了，反正身子是热的，湿衣服穿在身上，也会烘干的。"他边说边将皮鞋里的水倒出来，再将脚上的袜子脱下来，将水拧去，然后再湿漉漉地穿上去，并笑着说："你们看，没问题了吧？"大家见他这样将就，心里十分难受，何况他们知道，他一向就有风湿病。

这顿午饭，他将湿衣服"吃"成了干衣服，回到宾馆才换上了干爽舒适的睡衣。因为这个原因，他患了整整一个星期的感冒。

随行人员说："老板，以后出门，我一定记得提醒您多带两套西服，要不然出门不小心弄脏了，连换的都没有。"他笑了笑："你不如提醒我回去后，记得找裁缝做好了，本来我想平时有两套换洗的就够了，做多了也是浪费。可能是这两套衣服已经穿了三四年的缘故吧，要不然是不会脱线的。"

虽然屡屡"吃亏"，但他节俭的习惯根深蒂固，始终无法更改。他有一双皮鞋穿了整整六年，因为穿的时间太长，鞋跟磨得一边高一边低，走起路来既不方便，又不舒服，于是他咬咬牙，决定给自己买一双皮鞋。

在好朋友的陪同下，他买了一双价值一千二百元的皮鞋，穿上后，很轻很软，感觉特别舒适。但几天后，他脚上穿的还是那双坏了的皮鞋，只不过他悄悄地将这双皮鞋换了鞋跟。朋友问他："怎么不穿新买的皮鞋啊？"他抬了抬脚，很开心地说："你看，补好了，又可以穿了，新买的鞋那么贵，还是留着有庆典活动的日子再穿吧。"

　　一个身家丰厚的大老板，一举手、一投足的捐赠都是成千万上亿的，居然连一双香港普通打工仔穿的皮鞋都舍不得穿，岂有不令人为之动容的！就这么一双皮鞋，最后还是没有穿在他的脚上，而是拿到集团公司所在的欧洲工厂做了样板。

　　他舍得捐赠，却舍不得在自己身上花费，节俭到了对自己近乎刻薄的程度。有人不理解，问他这是何苦？他说："我是一个普普通通的商人，人生在世，来时两手空空，去时也不能带走什么。我只希望在我的有生之年，为社会多做一些事情，尽可能多地留下我的一片爱心。"

　　这位让一双皮鞋在脚上穿了六年，还要换上鞋跟再穿下去的男人，就是打造出"男人的世界"的香港富豪、金利来集团总裁曾宪梓。

接受你感恩的心

周莹

那年冬天，我在一家商场做促销员。

那是一个落雪的午后，有个小伙子走进内衣专柜，说要买一套内衣，并问我什么样的内衣不会使溃烂的皮肤再化脓。我告诉他，只有纯棉的质量最好。我看见他的上衣不是穿在身上而是披着的，右边的手臂露在外面，整个右臂上起了几个鸡蛋大的水疱，一看就是严重烫伤。我问他怎么回事。他告诉我，是昨天上午开水烫伤的。我说："那你应该去医院治疗啊！"他摇头叹息说："这点伤住院起码要花上千的钱。我是从农村来的，在工地上做小工，没有钱上医院。""哦，那我告诉你一个不要钱的秘方，保证你一个星期烫伤完全愈合。"我一边熟练地帮他挑选内衣，一边告诉他烫伤秘方。

他一听脸上就笑容灿烂："真的呀！姐姐，那你就是我的恩人啊！"然后他补充说，他买两套内衣。

我告诉他："你挖点曲蟮，洗干净后，放到碗里，撒点白糖在它身上。世界上的物种都是一物降一物，曲蟮见了白糖，就会做垂死的挣扎，然后它身上的肉就会化成殷红色的水。你把水涂到受伤的地方，几分钟后，火辣辣的刺痛感就会消失，烫伤局部表面呈白色，有明显的白糖状颗粒，但感觉是冰凉的。每天多搽几次，一个星期就会基本痊愈，而且不会留疤痕。""是吗？"他半信半疑地问我。我解释说，因为曲蟮体内所含的细胞生长因子的自我修复功能十分强大，能够对人体皮肤烧烫伤的部位起到生肌的作用，可以散热

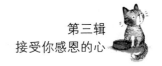

止痛，消肿解毒。

和他随行的一个人问我："曲蟮是什么东西"？我说："就是蚯蚓的另一个名称啊！你不知道吗？"他不好意地搔搔头皮说："我在城市长大的，确实不知道曲蟮是什么东西。可是，即使曲蟮有用，这满大街都是高楼林立，那又到哪里去寻找曲蟮呢？"

受伤的小伙子说："老幺，这个你不要操心，我有办法。"那个老幺一脸迷惑地问："你能有什么办法？"他把脸对准我说："我们建筑工地后面的花坛里可以挖到一些曲蟮。可是，姐姐请问一下，你怎么知道这个秘方可用呢？"我就告诉他："我那将近百岁的老舅爷曾经是成都医科大学毕业的，后来当了一辈子部队首长的军医。不信，你看我的手臂上，以前也烫伤过，并且很严重，当时也起了鸡蛋那么大的疱。你现在能够找出痕迹吗？"我伸出手臂，挽起衣袖让他看。他看了又看，然后摇头表示，确实没有。

他拎起内衣时对我说："今天虽然下雪了，但是有了你的秘方，我心里觉得很晴朗。姐姐，我很感激你！"

目送着他们离去的背影，我的心里也是甜蜜蜜的。

十天后，那个小伙子的伤彻底好了。半个月后，他领到了第一个月的薪水。于是，他买了许多好吃的东西，拎到我上班的地方来，说是要感谢我。我没有接受他的礼物。他又坚持要请我吃饭，我婉言拒绝了他的盛情，并郑重地对他说："我只能接受你那颗感恩的心！"

恪守善良

纪广洋

孩提时代，我和几个小伙伴见到有拉板车的吃力地上桥坡，就争先恐后地给帮忙推一把；见到有讨饭的，也急忙给他们拿馍、拿熟地瓜什么的。记得有一年冬天，我村来了一位讨饭的中年妇女，怀里还抱着个尚不会跑路的孩子。到了夜里，娘俩住在生产队的园屋（夏天看菜园的屋子）里。我们几个小伙伴在捉迷藏的时候，看到娘俩冻得哆哆嗦嗦的样子，就分头行动起来，有的回家拿火柴，有的回家抱麦秸或稻草。当我们为娘俩生着火，看着娘俩不再寒冷时，脸上都挂着甜甜的笑，甚至都忘了回家。当大人们好不容易找到我们时，都受了感动，有的回家拿来穿不着的棉衣，有的回家抱来用不着的被子……后来我才知道，这叫善良。

前不久，在暴风雨中的济南的大街上，我又看到一幕动人的情景：一个女中学生，为搀扶一位困在水流中的盲人，湿透了衣服、误了上课、丢了书包和蝴蝶结。当赶来的交警问她叫什么名字、在哪所学校时，她的双颊泛起两朵红霞，羞答答地走开了……这又是善良。

善良是心头的恻隐，善良是无私的关怀，善良是不求回报的施舍和援助。

但是，在现实生活中，善良有时也容易受到误会和伤害。我曾听说过这样一个故事：有一位司机在路上遇到一个被车辆撞得昏迷过去的行人（肇事车辆已逃走），他果断地把伤者送到了医院，并掏钱为伤者挂号、抓药。可是，当伤者终于苏醒后，竟一口咬定肇事者就是这位司机……直到警方抓到了真

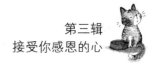

正的肇事者，这位司机才洗清了因善良而遭受的不白之冤。当然，这只是个特殊的例子。但在我们身边，"好心不得好报""人善被人欺，马善被人骑"的例子确实不少。

因此，善良即便是人类最优秀的心性和品质，也需要面对意外的、邪恶的中伤和挑战，有时还要付出巨大的代价。也正因为如此，有良知的人们更应该保持内心的那份本真，恪守自己的那份善良。积极主动、义无反顾地与冷漠、邪恶做顽强的抗争。

任凭世间风云变幻，善良依然是人类的心灵之花、是生活的一抹粲笑，是天上的瑞云、地上的灵芝，是泊在心海的救生筏、嵌在心壁的珍珠……

良心是上帝的眼睛

王凤英

　　这是在电视上看到的真人真事。一群人簇拥着一个六十多岁的老人一起来到了一间面积不大的包子店里，老人走到包子店老板面前，深深鞠了一躬，并连声说：“对不起，真对不起，给你造成了这么大的损失。”说着，老人从口袋里掏出一千元，郑重交到店老板的手里。那么，眼前的这一切到底是怎么回事呢？

　　原来，这家临街的包子店，虽然面积不大，但很久以来一直以包子个大、味道鲜美吸引着周边的居民，而老人也特别喜欢这家店里的包子。那天，像往常一样，老人买来了包子，坐在干净的桌子前开始津津有味地吃起来。忽然，有一个什么东西在嘴里硌了一下，老人急忙吐了出来，一看居然是一颗牙齿。这还了得？老人立刻火冒三丈，大声责问着店老板：“这是怎么回事？”尽管店老板一再声明包子里绝不可能会出现牙齿，但眼前的一切又做何解释呢？很快包子店里的包子吃出牙齿的消息传遍了街坊四邻。这下，再也没有人敢来这家店里买包子了。

　　然而，两天后，老人在家吃饭时，感觉到自己安装的一颗假牙不见了。这一发现让他恍然想起，自己的假牙很有可能在那天吃包子时粘掉了，而自己当时却浑然不知，白白冤枉了包子店老板。想到这里，老人果断地做了决定，于是，便出现了文章开头的一幕。

　　当随行的记者问起老人“是什么让你勇于站出来澄清此事”时，老人说：

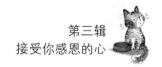

"是良心，因为我不能让自己的良心背负沉重的债务，不能让这家包子店因为我的误会而倒闭。"

也曾发生过这样一件事情。那是一个阴雨绵绵的夜晚，他开车往回赶，尽管车里放着轻快的音乐，可他还是睡眼蒙眬。突然，车剧烈地颠簸了一下，好像压到了什么东西，直到车又开出一百米，他才一下子清醒过来，这一清醒却让他吓出了一身冷汗，因为他意识到自己可能撞人了。这时，他环顾了一下四周，到处都是黑漆漆的，没有一个人影，但他还是把车倒了回去。果然，地上躺着一个人，他急忙跳下车，想也没想就把伤者抱进了车里，及时送到了附近的医院。

被抢救过来的伤者，第一件事情想到的就是想寻找救命恩人，因为在他被撞倒的一刹那，他隐约看到肇事的车辆扬长而去，之后便失去了知觉。所以，要不是有好心人把他及时送进医院里，说不定他早就没命了。可当他得知救他的不是别人，正是肇事司机时，他简直不敢相信这是真的。养好伤后，他非但没有指责司机，反而对肇事司机充满了感激。他要求家里人，除了医药费之外，绝不向肇事司机要任何费用。

有人问起司机："是什么促使你又转回去救人的呢？"他说："人在做，上帝在看，良心是上帝的眼睛，如果我就那样走了，我会一辈子良心不安的，所以我不会选择逃避。"

是的，良心是上帝的眼睛。或许，冥冥之中，上帝用他的眼睛在每时每刻窥视着我们每一个人，所以我们都要遵守道德的底线，做一个有良心的人。

邻居

王维新

我住进这座城市已经三十八年了。回首往事，过去的一幕幕情景历历在目。时代在变迁，社会在演进，我们在见证都市文明的同时，也深切地感受到人性的麻木和冷漠，现代的高楼大厦好像屏蔽了人们和善友好的天性，人与人之间有一种无言的隔膜和提防，让人觉得心里很不舒服。走进都市，伴随着时间的推移，我先后搬了六次家，每搬一次都与原来的邻居和朋友疏远一步，让人感到若有所失。

我早先住在乡下的村子里，都是土墙土房土窑，谈不上什么好的环境和条件，只是树木很多，村子好像掩映在树林里。那时候的农村人家，有的就没有院墙。吃饭的时候，村里的人端着粗瓷大碗聚集到碾子上、井房旁、榆树下，边吃饭边说闲话，好像是一家人。谁家做了好吃的，就给村上的老人送一碗过去。过年的时候，每家调两个凉盘端过来聚在场房里，大家一块儿喝酒，那种感觉真好。我记得我家有三棵柿子树，每到秋天柿子红了的时候，母亲领着我们去采摘，她让我给每家送一担过去。

走进城市，我有些茫然了。起初住在大杂院和简易楼的时候，大家都在房檐下、过道里做饭，堆放煤块和纸箱。谁家没有盐没有醋了，就到邻居家去借。上班的人走的时候，把自己的小孩儿送到邻居老人的怀里，下班后再接过去，彼此之间照顾得都很好。后来，条件好了，各家陆续都搬走了。住进单元房以后，房门一关，与世隔绝，"鸡犬之声相闻，老死不相往来"。在一栋楼上住了

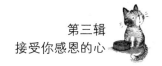

几十年，彼此不知道对方姓甚名谁。

我曾经建议物业办把各家的住户姓名、联系方式打印一张单子发给大家，谁家有事情需要邻居帮忙的时候也好联系，没有想到这个想法遭到一些人的反对，他们好像觉得住在他们周围的人不怎么牢靠，不敢把这些信息提供给大家。结果，楼上有两位留守老人死在屋里已经一周了，才被人发现，这是谁的罪恶和悲哀呢？

城里人看不起农村人，总认为他们不讲卫生，他们穷酸。其实，农村人更看不起城里人的小气、虚荣、自私和装腔作势。

我的对门原来住着一户邻居，男主人我是认识的，只因为她娶了一个城市女子做妻子，便与我们这些乡下人疏远了，变得陌生起来。那个女人穿着非常新潮和时髦，见了人横眉竖眼的，好像谁欠了她两吊钱，她的个子很高，成天皱着眉毛，家属院的人背地里叫她吊死鬼。我们从来没有到她家里去过，但是，经常听到一些不和谐的声音，有时候在里面打架，摔东西，出了门却好像什么事情也没有；有时候晚上跳舞唱歌到凌晨，吵得左邻右舍无法入睡，都起来躲到院子外面去，等待他们结束夜生活；她经常把垃圾扫到我家门前堆放，夏季的西瓜皮腐烂，污水横流，苍蝇乱飞，我妻子非常生气，要找她去算账，被我拦住了，我担心这样会影响邻里关系，我们忍着吧。这样熬了六年，终于有一天，他们搬家了，家属院的人群情振奋，放炮祝贺。

这套房子一直闲了三年，也清净了三年，我们长长地出了一口气。到第四年春季的一天，这家的房门打开了。一位头上顶着毛巾的大婶在打扫房子，她看见我后，笑着问道："你住在对门？"我说："是啊，你们要搬过来住啊？"她说："是啊是啊，我们原来住在乡下，老汉退休以后就回老家去了，现在年龄大了，看病、购物都不方便，女儿和女婿给我们买了这套房子，咱们以后就是邻居了，我们农村人卫生习惯差一些，以后你们还要多担待。"我急忙回应大婶："看您说的，我也农村人，我们成为邻居就会由陌生到熟悉的。"

对于大婶一家人，我们尽管不熟悉他们的表面，但是，在以后的相处过

程中，我们很快熟悉了他们的心灵。自从他们搬过来以后，大婶每天早晨起来，头上顶着毛巾，把过道、楼梯扫得干干净净，还洒上水花。我喜欢养花，20多盆花卉放在院子里。有一次，我们外出半月多，赶回到家里，我放下行李箱，第一件事情就是提上洒水壶去浇花，没有想到，花盆是湿润的，花卉长得枝繁叶茂，姹紫嫣红。我对大婶心存感激。

我的妻子是个生活非常讲究的女人，经常向房子喷清新剂，被褥也要经常消毒。有一天，她把被子晾到院子的铁丝上，就去上班了。中午时分，天突然下起雷阵雨。她打电话让我赶快回去收被子。我想，被子一定被淋湿了。我跑回家属院，铁丝上的被子没有了。我正在纳闷，大婶出来了，她说被子她已经收回来了。说着返回屋里，把折叠好的被子抱出来递给我。我心里不由得感叹不已，真是千金难买好邻居。以前的邻居，我与他们相当熟悉，但是，我对他们的心灵一直是陌生和厌恶的；如今的邻居，我至今不知道他们从哪里来，但是，他们那颗透明的心灵，使我感到温暖和亲切。

我想，建设和谐社会，家庭要和谐、小区要和谐、邻里更要和谐。只要人与人之间多一点儿理解、多一点儿关怀、多一点儿宽容，我们的邻居就不会变得陌生了。

卖瓜

余显斌

晚上，雾气不但没散去，反而更浓了，而且雾气中弥漫着水意。一场暴雨，已洗去了空气中的高温，夜变得稍微凉爽了一点儿。

王才平的车，在路上奔驰着。

夜越来越黑，浓雾却不散，反而更厚了。车灯划过去，一片乳白，浓得化不开。他的心，很是担忧，这一车瓜，是自己刚刚从北边贩运过来的，想卖一个好价钱，但是一场雨一下，天一凉透，瓜价大跌，自己将血本无归。

家里，病中的妻子还等着这笔钱进医院呢！他得尽快把瓜送到目的地，按时交给订货的人，否则，烂在自己的手里，就完了。

但是，雾很大，夜很黑，阻碍了视线，他的车不得不减速。就在这时，一辆车划开一道光，从身边飞奔而过，向前射去。

前面，哗哗的水声，遮盖了一切声音，包括车声。

他知道，那座长长的水泥大桥到了。

那辆车上了大桥，隐没在黑夜中，没有了动静。他努力地睁大眼，想看清那辆车的尾灯，可是没有，一点儿也看不见。

不会是醉汉吧？他想。

也应该有喇叭声啊！他又想。他头上出汗了，一定是那个醉汉把车停在路上，自己醉倒了。

他忙缓缓停下车，下来，向前走去，想去看个究竟。

水就在面前,隔着雾气哗哗地吼着。借着车灯光,他走了几步,一下惊呆了:面前的桥早已断了,可能是这场暴雨给冲毁的。桥下,隐隐的,浑浊的水牛一样地吼。

那辆车已不见了影子,看来连人带车掉下去,被水卷走了。

他掏出手机,准备报警。可是,自己手机竟没了电。

身后,远远射来汽车的灯光,又有车来了。

他急了,转过身,大吼着,停车啊!快停车!水声很大,淹没了他的声音。于是,他拼命地又跳又挥手,可黑夜遮没了一切。

车越来越近,他头上的汗滚滚而下。

突然,他灵机一动,一把脱下身上的衬衫,掏出打火机,一下子点燃衣服,在桥上挥舞起来。那边的汽车司机看见了,停了车。一辆车停下,两辆车停下,不一会儿,桥的这头与那头,车停成了一条长龙。

所有的人面对着那断桥,心悸之余,都感激不已,不停地说着感谢话。听说他为了拦车,自己的一车西瓜误了送货时间。大家一个个掏出钱,准备分摊了。

他笑笑,摇摇头。很简单,如果这样,他救人的动机就太下作了。他想。

他婉拒着说,他要送瓜去了,有一条简易公路通向订货的主家那儿,他和人家订货的有约,无论如何,今晚一定送到。

他的车在大家的一声声叮嘱中走了,第二天上午赶到交货处。可是,很不巧,当地当夜又下了一场大雨,天凉透了,没有几个人买瓜。

买主于是借口时间延误,不接受他的瓜。

他呆住了,这么多瓜,总不能烂在手中啊!还是自个儿卖吧,能卖几个是几个。他想。于是,他把车停在街道的一个拐角处,挂起一个出售西瓜的纸牌。

本来,他抱着死马当作活马医的想法,谁知,纸牌挂出,不一会儿,买瓜人蜂拥而来。半个小时不到,一车瓜买完。

他很疑惑,天并不热,不是卖瓜的好时候啊!再说,旁边也有很多瓜摊啊,

为什么大家都这么看好自己的瓜?

他扯住一个买瓜人,疑惑地问。

面对他的疑惑,那个买瓜人揭破谜底。原来,他站在水泥桥上拦车的事,当时就被一个人用手机拍摄下来,并且连夜被贴在网上,还给取了个名字:为生命站岗。现在,大家都知道了。

"你救了那么多人,大家买几个瓜,应该的。"那人说。

他没说什么,那一刻,他很激动,也感到很幸福。

免费服务也赚钱

周礼

艾森克出生于美国得克萨斯州一个普通的工人家庭。二十二岁那年，他大学毕业，为了寻找工作，他四处投寄简历，托亲戚朋友帮忙，但由于专业的限制，他跑了很多家公司都没有找到理想的工作。无奈之下，他只好来到芝加哥碰碰运气，出人意料的是，在这儿，他几乎没费什么力气就找到了一份适合自己的工作。

到了公司后，艾森克奇怪地发现，这家公司还有好几个职位空着，他们正在到处招人。艾森克赶紧给自己的同学和校友打电话，让他们过来。结果，在他的引荐之下，那些同学轻轻松松地就找到了工作，而公司也顺利地解决了燃眉之急，可谓两全其美。

随后，艾森克通过走访和调查发现，不光是他们公司存在着这种现象，其他公司也遇到过类似的情况：一方面，一些大学生毕业后找不到适合的工作；而另一方面，一些企业又招不到合适的人才。鉴于这种矛盾，再联想到自己找工作时所遭遇的种种痛苦，艾森克决定专门创办一个网站，来帮助那些需要寻找工作的人。

网站建好后，艾森克利用业余时间，通过各种渠道打听各大企业的招聘信息，一经核实后就放在网站上，供那些想找工作的大学生和待业者查询、参考。起初，有人对他的网站持怀疑态度，认为是骗人的把戏，因为艾森克的网站不收取任何费用，完全属于公益行为。后来，有一些急于找工作的人

抱着试一试的想法，按照艾森克提供的信息和地址，将简历寄了过去，让人意想不到的是，他们有许多的人因此谋到了工作。于是大家一传十，十传百，各大高校的毕业生没有一个不知道艾森克的网站。大家都将这个网站当作了求职指南，不管是急于寻找工作的人，还是即将进入社会的大学生，抑或是他们的父母，都喜欢来艾森克的网站看一看。渐渐地，艾森克的网站声名大振，点击率一路飙升，短短几年时间，注册会员就达到了上千万人。

于是，有人向艾森克建议，让他从免费走向收费，那样也可以收回一部分成本，毕竟他在这个网站上付出了很大的心血，收取一定的费用也是应该的。但艾森克并没有那样做，他甚至还在在网上公开申明，他的网站永远免费，永远无偿为大家服务。

对此，艾森克的家人十分不解，为了维持这个网站的正常运转，艾森克几乎花去了所有的积蓄和大部分精力，而他不向别人收取一分钱的费用，这完全就是傻子的行为。

其实，艾森克并不傻，相反他还很聪明。虽然他的网站属于免费服务，但他因此赚够了人气，他和他的网站都变得家喻户晓。慢慢地，有人从中看到了商机，要求在艾森克的网站刊登广告，并支付一笔不菲的费用。由于艾森克的网站名气大，关注度高，不管是什么产品，只要在他的网站首页连续挂上三个月，就能成为畅销产品，所以商家们都乐意与他合作。每年光广告收入这一项，艾森克就能从中获利一千万美元以上。这时，他的家人才如梦初醒，原来免费服务只是一个幌子，艾森克真正的目的是要拿它发家致富。

艾森克的故事告诉我们，世上没有白干的活儿，只要你认真地做好一件事，哪怕是免费为别人服务，也会从其他方面获得丰厚的回报，达到名利双收。

那夜，那对盲人夫妻

周海亮

　　我永远记得那个夜晚。悲怆的声音一点点变得平和，变得快乐。因为一声稚嫩的喝彩。

　　那是乡下的冬天，乡下的冬天远比城市的冬天漫长。常有盲人来到村子，为村人唱戏。他们多为夫妻，两人一组，带着胡琴和另外一些简单的乐器。大多是村里包场，三五元钱，会让他们唱到很晚。在娱乐极度匮乏的年代，那是村人难得的节日。

　　让我感兴趣的并不是那些粗糙的表演，而是他们走路时的样子。年幼的我常常从他们笨拙的行走姿势中找到属于自己的卑劣的快乐。那是怎样一种可笑的姿势啊！男人将演奏用的胡琴横过来，握住前端，走在前面。女人握着胡琴的后端，小心翼翼地跟着自己的男人，任凭男人胡乱地带路。他们走在狭窄的村路上，深一脚浅一脚，面前永远是无边的黑夜。雨后，路上遍布着大大小小的水洼，男人走进去，停下，说，水。女人就笑了，不说话，却把胡琴攥得更紧。然后换一个方向，继续走。换不换都一样，到处都是水洼。在初冬，男人的脚，总是湿的。

　　那对夫妻在村里演了两场，用极业余的嗓音。地点在村委大院，两张椅子就是他们的舞台。村人或坐或站，聊着天，抽着烟，跺着脚，打着呵欠，一晚上就过去了。没有几个人认真听戏，村人需要的只是听戏的气氛，而不是戏的本身。

要演最后一场时，变了天。严寒在那一夜，突然窜进我们的村子。那夜滴水成冰。风像刀子，直接刺进骨头。来看戏的人，寥寥无几。村长说，要不明天再演吧？男人说，明天还得去别的村。村长说，要不这场就取消吧？男人说，说好三场的。村长说，就算取消了，钱也是你们的，不会要回来。男人说，没有这样的道理。村长撇撇嘴，不说话了。夫妻俩在大院里摆上椅子，坐定，拉起胡琴，唱了起来，他们的声音在寒风中颤抖。

加上我，总共才三四名观众。我对戏没有丝毫兴趣，我只想看他们离开时，会不会被结冰的水洼滑倒。天越来越冷，村长终于熬不住了，他关掉村委大院的电灯，悄悄离开。那时，整个大院除了我，只剩下一对一边瑟瑟发抖，一边唱戏的盲人夫妻。

我离他们很近。月光下他们的表情一点一点变得悲伤。然后，连那声音都悲伤起来。也许他们并不知道那唯一的一盏灯已经熄灭，可是他们肯定能够感觉出面前的观众正在减少。甚至，他们会不会怀疑整个大院除了他们，已经空无一人了呢？也许会吧，因为我一直默默地站着，没有弄出任何一点儿声音。

我在等待演出结束。可是他们的演出远比想象中漫长。每唱完一曲，女人就会站起来，报下一个曲目，鞠一躬，然后坐下，接着唱。男人的胡琴响起，女人投入地变幻着戏里人物的表情。可是她所有的表情都掺进一种悲怆的调子。他们的认真和耐心让我烦躁。

我跑回了家。我想，即使我吃掉两个红薯再回来，他们也不会唱完。我果真在家里吃掉两个红薯，又烤了一会儿炉子，然后再一次回到村委大院。果然，他们还在唱。女人刚刚报完最后一首曲目，刚刚向并不存在的观众深鞠一躬。可是我发现，这时的男人，已经泪流满面。

突然我叫了一声好。我的叫好并不是喝彩，那完全是无知孩童顽劣的游戏。我把手里的板凳在冻硬的地上磕出清脆的响声。我努力制造着噪音，只为他们能够早些离开，然后，为我表演那种可笑和笨拙的走路姿势。

两个人同时愣了愣，好像他们不相信仍然有人在听他们唱戏。男人飞快地擦去了眼泪，然后，他们的表情同时变得舒展。我不懂戏，可是我能觉察他们悲怆的声音正慢慢变得平和，变得快乐。无疑，他们的快乐来自于我不断制造出来的噪音，来自于我那声顽劣的喝彩，以及我这个唯一的观众。

他们终于离开，带着少得可怜的行李。一把胡琴横过来，男人握着前端，走在前面，女人握着后端，小心翼翼地跟着，任凭男人胡乱地带路。他们走得很稳。男人停下来，说，冰。女人就笑了，她不说话，却把胡琴攥得更紧。

多年后，我常常回想起那个夜晚。我不知道那夜，那对盲人夫妻，都想了些什么。只希望，我那声稚嫩的喝彩，能够让他们在永远的黑暗中，感受到一丝丝阳光。

尽管，我承认，那并非我的初衷。

第四辑
善良的馈赠

生命促迫，不可回头，举重若轻者，搬山如摘花；举轻若重者，摘花如搬山。年轻的朋友，请千万保存一颗郑重的心，先学会用搬山的手势，摘取眼前的花朵。

你有没有一颗郑重的心

凉月满天

我在一所乡下中学教书的时候，有两个学生给我的印象很深刻。

一个是男生，黑瘦的脸，小平头，不爱说话，看起来笨笨的。别的男孩子都像一团风，被生命力鼓荡得一会儿呼啸到这儿，一会儿呼啸到那儿，就他，走在路上，蚂蚁都不会碾碎一只。一根柳枝儿挡在他的眼前，换别人早一把掀得远远的，他不，轻轻拈起来，放到身后。初见这景象，我看呆了，当即决定把副班长的位置交给他。副班长的工作事无巨细，只要求两个字：妥帖。事实证明，他也确实干得有声有色。

另一个是女生，长圆的一张白脸，细长的丹凤眼，长得很是漂亮，人缘也好，好像是一张温暖的鸡蛋饼，谁见了都觉得是好的、可口的。所以她总是很忙碌，今天和这几个人一起做作业，明天和那几个人一起跳皮筋。她平时没见多用功，功课居然也不错，这就是天资的原因了。

有一次，我给两个人同时布置任务：每个人给我交两篇作文，一篇写人的，一篇写景的，我要拿去代表学校参加省级作文竞赛。结果男生的作文很准时地交上来，用那种白报本，在页面上按五分之三和五分之二的分界画了一道竖线，左边是他的作文，右边是空白，随时备我批注，很干净，很漂亮。

而最后时限都过去两天了，女生才把作文交到我手上，是那种潦潦草草的急就章，上顶天下顶地，满纸泥泞。我的脸黑了："这几天干吗了？"她红了脸说："她们找我玩……"我无力地挥挥手，打发她走。人生一世，长

长的几十年，人际关系像既长且乱的海藻，准有把你拖缠得拔不出腿、脱不开身的一天，你的生命中，有多少天够这么挥霍的？

十五年后的一天，一群学生来看我，那个男生也来了，他已经是一所重点学校年轻有为的副校长，沉稳细致的作风一直没变，只是风度俨然。男人味好像檀香，被岁月一丝一缕地蒸出来了。女生没来，她本是一所普通学校的普通老师，却刚刚被分配到一所更远的学校去了，正忙着搬家呢。我问："以她的灵性，工作成绩不会差呀！"同学们说："哪儿呀！她整天晃晃悠悠，连着三年，学生成绩都是年级倒数第一的。"

我没话说了。"晃晃悠悠"，真精确。

人的力气是随练随长的，假如你一直举重若轻，到最后说不定真能举起一座昆仑；若是一直举轻若重，到最后，恐怕举一根鹅毛都很难。这既是不同人的两种不同人生态度，又是同一个人的两个阶段：只有第一个阶段举重若轻，才轮得到第二个阶段，谈笑间让对手帆坠樯折。若是这两个阶段倒过来，坏习惯将变成石头，砸肿自己的脚面。

生命促迫，不可回头，举重若轻者，搬山如摘花；举轻若重者，摘花如搬山。年轻的朋友，请千万保存一颗郑重的心，先学会用搬山的手势，摘取眼前的花朵。

善良的馈赠

周礼

巴顿是二战时期美国最著名的将军，曾指挥大小战役无数，立下了显赫的功勋，为反法西斯的胜利做出了卓越的贡献。

有一次，巴顿将军在指挥一场重大的战役时，与敌人发生了猛烈交火。激战中，巴顿将军发现一架敌机正朝自己的阵地俯冲过来，情况万分紧急。按照常理，有飞机轰炸时，一般都是就地卧倒，以防止弹片击中身体。巴顿将军久经沙场，自然明白这个道理。就在他准备就地卧倒时，忽然发现前方不远处有一位年轻的士兵没有卧倒，估计是第一次上战场的新兵，被这样的场景吓蒙了。巴顿将军想提醒他，但显然已经来不及了，在千钧一发之际，巴顿将军一个飞身，奋不顾身地将年轻的士兵扑倒在地，并严实地压在自己的身下。随着一声巨响，在巴顿将军原来站立的地方，炸了一个大坑，泥土溅了巴顿将军一身，所幸他们俩均未受伤。巴顿将军从地上爬起来，望着眼前那个深坑，惊骇不已——要是刚才自己不想着救那位年轻的战士，或许自己现在已经光荣地牺牲了。扶起那位年轻的战士，巴顿将军默默地说，感谢上帝！感谢自己那一瞬间的善意！

无独有偶，四川民工刘某，长期在广东一带打工，为了多挣一点儿钱，他有好几年都没回家了。2010年年关，刘某领到工资后，决定今年回家看看自己的妻子和孩子。经过几天几夜的长途颠簸，他终于抵达了日思夜想的故乡。就在他快到村口时，忽然看见河里有一个小孩儿在拼命地挣扎着，眼看

就要被河水淹没，而此刻河畔周围空无一人。见此情景，一向纯朴善良的刘某想也没想，就放下肩上的行李，一纵身跳进了冰冷的河里。很快，小孩儿就被救上岸来。见到妻子，刘某才知道，刚才救上来的孩子不是别人，正是自己五岁大的儿子。原来，儿子听说他要回来，高兴地跑到河对岸去迎接他，谁料想，那天下了点小雨，孩子脚下一滑，掉进了河里，而此时恰好被刘某碰到。事后，刘某感叹不已，如若当时他不及时施救的话，或许孩子就没了，自己也将陷入一辈子的愧疚和痛苦中。

······

这些看似巧合的事情，实际上都是善良和爱心带来的幸运。很多时候，我们在帮助别人的同时，实际上也帮助了我们自己。人的一生，不可能不遇到困难，也不可能不需要别人的帮助。虽然有时帮助你的人，不一定是你帮助过的人，但很有可能是因为你爱的延续和辐射。我们常常抱怨世风日下，人心不古，遇到困难时，总是希望得到别人的帮助。可是，当别人遇到困难时，你是否伸出了自己友爱之手呢？也许帮助别人，对于你来说只是举手之劳，然而对于受帮助的人来说，无异于雪中送炭。因为你带给别人的不仅仅是帮助，还有一颗滚烫的爱心。

人生切莫做恶事

纪广洋

　　我有一个名叫郑达前的老乡，在市郊区做杀猪卖肉的生意。原来我们并不认识，有一次，他拐弯抹角地找到我，托我办了点事。去年春节前的一天晚上，他突然敲开了我家的门，给我送来几十斤上好的猪肉。并一再说，这肉绝对没注水，是专门为走亲访友杀的一头大猪。

　　因为先前听说过有关"注水肉"的传闻和报道，但一直弄不清"注水肉"究竟是如何注水的，便好奇地、试探性地甚至是有些不好意思地请教这位比猪还要胖，足有二百多斤重的老乡。谁知，人家郑大屠夫对咱一点儿也不避讳其中的门道和绝招（或许我和他不是同行的缘故），并且一谈起来就如数家珍、滔滔不绝。什么"冷水注""热水注"，什么"手工活""机械活"，什么"活着注""死了注"，什么"动力心脏""高压处理"……他讲得天花乱坠，我听得云山雾罩。最后，他看我仍是似懂非懂的样子，就说："这样吧，反正你也不是外人，过年后我派车来拉你，让你现场参观一下。"

　　送走郑达前，我就觉着这市场上的肉不仅有水分，也卫生不了。我爱人也说，今后还真不能在市场上随便买肉呢，想吃肉就直接找老郑去。

　　别说，人家郑大屠夫还真不食言，千禧年过后的第二个星期六上午，他就派来一辆崭新的面包车，把我接到郊外他那颇具规模的生猪屠宰场。没下车，我就听到猪们歇斯底里的嚎叫；刚下车，我就闻到浓浓的血腥味。就连郑达前那封闭得比较好的办公室里，也有一种特殊的异味——就像是一沓潮湿发

霉的旧钞票刚从钱夹里取出时散发出来的那种复杂的气息。两杯茶过后，郑大屠夫就说："你跟我到后院看看吧，那里正在用'动力心脏'高压处理呢。"

我跟随走起路来一摇一摆的郑达前来到一进过三道门、绕三个弯的深宅大院。那里的伙计们都称呼郑达前为郑老板，他们正不停地忙乎着。有人手握尖刀正对准一头被捆绑着四肢的大白猪的脖颈，有人慌慌张张地正鼓捣着一台两头扯着长管的高压水泵，有人则往一只大铁筐里兑热水……不大一会儿，那头白猪的脖子里正汩汩流着血，它的胸膛又被划开。有人捧着它那依然跳动的心脏，像是在做一种特殊的手术——把一条主动脉血管截断，一头用皮筋快速扎上，一头与扯过来的水管牢牢地连接在一起。而那条经过高压水泵的水管的另一端已放进那只盛热（温）水的筐里。这时，马达声起，那只眼睛还一眨一眨的白猪就"换上"了"动力心脏"。不过，这"动力心脏"输入和流出的再不是自身的热血，而是高压强加的热水。马达声声，水泵震颤着，白猪震颤着，直到猪的脖颈里流出的不再是殷红的血，而是浑浊的水，马达才陡然停下来。

"看到了吧？"郑达前颇有自豪感地问我。然后又说，通过心脏、通过大小血管把水注入到猪的全身，既增加了肉的重量，又改善了肉的外观——毫无残血的猪肉，看起来就美观多了，也好卖多了。下一步，我还要研究能使猪肉多凝水多存水的添加剂……

在郑达前的千般挽留下，我和他一起吃午饭时，面对我平时最爱吃的热气腾腾的红烧肉，怎么也吊不起胃口。那天，我超水平发挥，一气喝干三瓶啤酒。

到了今年的夏天，我刚算是渐渐淡忘了目睹"动力心脏"的一幕。郑达前的媳妇又找上门来，说是老郑得了心脏病，在医院里装了个心脏助动器，可是那玩意儿的质量不行，老是出问题，找医院他们又不承认、不退钱，想让我疏通疏通关系。

我一见到卧病在床的郑达前，他就唉声叹气，非常悲观地对我说："这下好了，我也用上'动力心脏'了。大夫说我心律不齐，而且特别严重，有

随时停摆的可能，就给配上了一个助动装置。花了不少钱，可是不顶用，我仍是心慌得很，怕是活不长了。既然如此，医院就应该退钱啊！我平时只知道一心一意甚至是不择手段地挣钱，我的钱来得容易吗？我的病全是干那些昧心的事儿昧的……"

我知道他指的是什么，可我已无能为力、无言以对。

血液里流淌的善与美

清心

那天，公司正在为某作家出版的新书做宣传，大家都忙得团团转。她亦像一条小鱼，不时地在人群中穿梭。

这时手机响了，她匆匆一瞥，屏幕上显示着一个陌生号码。工作忙，本想不去理会，却不知为何，一颗心竟隐隐漾起不安。迟疑片刻，仍是按了接听键。

电话是个素不相识的女医生打来的。对方告诉她，现在有个危重病人，亟须输入 A 型 RH 阴性血小板，否则，会有生命危险。经核实，她确认是市血液中心把自己的联系方式提供给这家医院的，于是当即表示，愿意捐献机采血小板给这位患者。

挂掉电话，她赶紧去找经理请假。虽然她知道，现在公司正需要人，关键时刻掉链子，无异于给领导出难题。她也明白，昨天经理刚给全体员工开了会，这几天的策划发布活动对公司非常重要，大家必须全力以赴，任何人不得以任何理由请假休息。并且，她亦是非常清楚，如今就业形式十分严峻，大学生求职都是处处碰壁，何况自己只是一个小小的中专生呢！更重要的是，虽然这份工作薪水不多，却是家里收入的主要来源。母亲身体不好，经常等着她的钱去看病。弟妹还小，也要指望着她的工资上学读书……然而，即使脑海里顾虑重重，她仍然义无反顾地推开了经理室的门。因为，对她而言，现在最重要的是救人，与宝贵的生命相比，所有的理由都是那么微不足道。

好在听了她的叙述，经理不仅非常支持，还专门派车将她送到了医院。

坐在输血室的凳子上，四周一片洁白。她轻轻褪去左臂的衣袖，等着护士将粗粗的针头刺进皮肤。旁人看来，这个戴眼镜的女孩儿安静得像一株植物，只有她自己知道，一波波的恐惧，正如夜色下的海潮，一片接一片悄然漫过心底。

这还是她第一次，也是目前为止唯一的一次成分献血。成分献血比献全血程序复杂，时间也长，大约需要一个半小时。看着自己鲜红的血液沿着不同的透明塑料管线，流入三个密封的塑料袋内，分离出病人需要的血小板后，部分血液又重新流回自己的身体，她紧张得手心直冒汗，身体也相继出现了一些不舒服的感觉。阳光自窗而入，暖暖地照在身上。她闭上双眼，在心底轻轻地对自己说：再坚持一下，你能行！

令人动容的是，十一年来，她所有的坚持，以及一次次无偿的付出，都是为了此前从未谋面，今后也很可能没有任何联系的陌生人。

她叫周晓娟，80后女孩儿，体重不到五十公斤，在兰州一家民营图书发行公司工作。自2000年始，至今累计无偿献血已达四千毫升，比她身体内循环着的全部血液还要多。

周晓娟的血型为RH阴性A型。在汉族人群中，拥有RH阴性血型的人仅占千分之三，而A型、B型、AB型、O型的大概比例为3:3:3:1，因此，如果同时考虑ABO和RH血型，像晓娟这样的血型，在汉族人群中仅占万分之几的比例。

甘肃省血液中心血源招募科科长王水珊说："晓娟总是有求必应。换手机号时，担心我们联系不到她，每次都会及时告知。她的血因为稀有而珍贵，往往是救命血。在我们眼中，她更像一个救火队员，总是出现在最危急的时刻。"

2010年，周晓娟又利用血液中心搞献血者联谊活动的机会，特意留下了RH阴性血型的献血者的QQ号，并创建了"熊猫之家"QQ群。开始，群里只有十来个成员，现在已增加到三十人左右，不仅有RH阴性A型的，也有RH阴性B型、RH阴性AB型、RH阴性O型血的网友。如今，"熊猫之家"已经

成了甘肃血液中心的一个重要工作平台。

　　因为多次无偿捐献"熊猫血"，很多网友都称赞晓娟为"最美熊猫女孩"。面对媒体的纷纷报道，晓娟却安静地笑笑，认为自己不过做了一件"平常事"。然而，所有人都知道，这个端庄朴实的女孩儿所说的"平常事"却一点儿都不平常。因为，她献出的每一滴稀有血液，对那些病危的生命而言，用多少黄金白银都无法换来。

　　"人生在世，不可能一帆风顺，每个人都会遇到这样那样的病痛。大家互相帮一下忙，生命的坎就过去了。况且，不论是献血，还是创建QQ群，我在帮助别人的同时，也是在帮助自己。"说这话时，晓娟又向一位素昧平生的患者伸出了手臂……

　　走在大街上，周晓娟只是个貌不出众的普通女孩儿，然而，正是这样一个平凡的普通人，血液里却流淌着世间最珍贵的善与美。我想，晓娟的珍贵，不仅在于她拥有的稀有血型，更因为她拥有一颗无私而富有博爱的美好心灵。

感恩的最好方式，是播种爱心

清心

多年来，他一直住在仅仅三十平方米的出租房里。只吃最简单的饭菜，拒绝添置电器和家具，从不购买新衣。并且，家里的许多东西，竟然都是长期照顾他的保姆拾荒拾来的。

然而，就是这样一个长年与轮椅相伴，对自己吝啬至极的老人，却在2008年5月12日，汶川地震的当天，毫不犹豫地将一万元送到了居委会，并委托他们转交给中华慈善总会。

老人叫邱国卿，家住重庆市解放碑大井巷，今年，已是九十三岁高龄。更让人难以置信的是，自20世纪80年代始，邱老向社会的各类捐款已达到一百多万元。

1990年，北京举办第11届亚运会，当时已七十五岁的邱老，满心欢喜地捐了一万元善款；1992年，他为抗洪救灾又捐出五千元；1995年，又捐给人民小学一万元，向綦江县隆盛新场小学捐款十万元……

每当从报上或电视上看到因贫穷而面临失学的孩子，似心弦一下子被弹拨，邱老的心，总是被揪得紧紧的。孩子们渴求知识的目光，像一把把利刃，晃出了他一眼的泪。如今，得到他慷慨资助的学生已有上千人。在孩子们眼中，邱爷爷犹如冬日的阳光，洒到身上，身会暖，洒到心上，心会亮。

邱老十几岁时，便跟着别人学习经商。经过数十年打拼，历经无数艰辛，

一穷二白的他终于积攒下一笔家产。

但，邱老从不乱花一分钱。保姆任玉禄说，邱老的生活异常节俭，他是她见过的，对自己最抠门的人。他所有的钱，大部分都用来资助贫困生读书了。每天邱老必做的事，就是坐在轮椅上翻看报纸。他最关注的，是新闻中关于贫困群体的报道。如今，老人最大的希望，就是成立一个爱心慈善基金会。他希望，更多有经济基础的好心人能够加入进来，与他一起，及时帮助那些在生活中突遭困难的人。

面对他人的称赞，老人泪眼蒙眬地讲述了儿时的真实经历。

他自小与奶奶相依为命，家里常常无米下锅，全靠邻居接济度日。八岁那年的一天，他从早到晚粒米未进，而偏偏奶奶又没了踪影。一个人在家，既害怕，又担心奶奶会出事。夜幕降临时，他跑出去找奶奶，跌跌撞撞地走了几条街，却怎么也找不到。饥寒交迫中，他眼前一黑，瘦小的身子，似薄凉的纸，在路上飘然倒下。

醒来时，他发现自己已躺在家中，身上盖着厚厚的被子。床头，竟放着一碗热气腾腾的白米饭。原来，是邻居大婶发现了他，并汗流浃背地将他背了回来。他永远记得，邻居大婶的背，像童话里的热石头，倏然焐暖了他的心。那碗饭，也是他一生吃过的，最香的美食。

从此，他暗暗发誓，长大后，如果自己有了钱，一定也要像邻居大婶一样，去尽力帮助那些吃不饱饭的穷人。

邱老说，滴水之恩，当涌泉相报。生而为人，一定要懂得感恩。

他的话，让我一下子想到了章子怡。在《名人面对面》中，许戈辉问："你最渴望拥有的能力是什么？"她想了很久，最后确定地回答："是感恩。"那一刻，感觉她身上散发的光芒，比站在红地毯上领奖的任何时候，都更加夺目照人。

最重要的能力是感恩，她说得多好！而93岁的邱老告诉我们，感恩的最

好方式，应该是播种爱心。播种的人越多，世间的爱就会越多，我们的社会就会越来越美好。

那么，还等什么呢？让我们从现在开始，手拉起手，共同宣传爱，传递爱。让爱，像涟漪一样，在温暖的人间，圈圈泛开……

昧良心的钱一分不要

清心

高中毕业后,他一直没找到合适的工作。看着一米八的儿子整日无所事事,父母愁得头发都白了。

跟许多年轻人一样,他的消费欲望大于消费能力,身为普通工人的父母无法满足他。他暗下决心,一定要觅一条赚大钱的途径。

那天,他在网上看到一个"医闹"的帖子,眼前不禁一亮。"医闹",冠冕堂皇地说,是扶助弱势群体;透彻明了地说,就是借医疗纠纷起事敛财。不久,他的"医闹"团队秘密成立了。

团队的口号是:人向"事儿"冲,眼向"钱"看。凭着三寸不烂之舌,以及手下那帮演技精湛的"闹"手,两年后,他的腰包渐渐鼓了起来。他心里盘算着,再做一年,就可以在好的小区买处大房子,再娶回个漂亮媳妇……那日子,想着都甜。

这天,内线来电话,说市医院刚死了一个人。内线在太平间的担架班,消息灵通。原来,一患者脑出血入院,凌晨病情加重,妻子急忙去敲医生的门,不料医生竟擅自离岗了。等到医生慌慌张张赶来时,患者已停止了呼吸。

内线又告诉他,为了少赔钱,医院不仅备好了律师,甚至连病历都改了。死者家属如果没有过硬的关系,想索赔很不容易。他听到后很是兴奋,这可是个大生意啊!他拍拍胸脯说:"不是还有我吗?"内线捻着手指说:"记着我那份啊!"他笑道:"老规矩。"

病房里，患者妻子握着爱人冷却的手，泪像关不住的水龙头，一直流个不停。就在前两天，两个人还说要去海南旅游，现在却突然间撒手离去。天像罩了块黑布，顷刻暗了下来。真不知道，以后的日子，自己该如何支撑下去。

除了流泪，她一直沉默着，没有哭闹，也没有打电话给亲朋好友。只是久久地将爱人的手贴在脸上，任时间一分一秒地过去。

他走进病房，一番自我介绍后，悄悄地说："跟医院闹一场，多少都能得到些赔偿。一切由我来安排，不用你出半分力。不过，事成后我要赔偿的40%算作劳务费。"

出乎他的意料，面前的患者妻子，没有回应，仍是从容安静。她站起来对护士说："请把院长叫来，我有事找他。"

不一会儿，院长带着一帮人来到病房。开门见山，院长递给患者妻子一个信封说："这是一万元，医院的一点心意，请收下。"

患者妻子没有接钱的意思。院长想了想，咬咬牙说："再给你加一万，不能再多了。"

这时，众人听到患者妻子缓缓地问："有遗体捐赠书吗？"

病房里瞬间安静下来，所有在场的人都惊讶得张大了嘴。

他更是失声道："大姐，你疯了啊？"

患者妻子重新握住爱人的手，哽咽道："他已经走了，你们赔再多的钱，也无法换回他的命。我只希望，通过这次教训，能让你们铭记，医生的职责人命关天，来不得半点马虎大意。另外，关于他的遗体，我们早已约好，不论谁先离开，不论是生病还是意外，都要把身体器官捐给需要的人。"

在场的所有人，一下子都红了眼睛。院长向她深深地鞠了一躬后，重新将信封递过去："你们真的很了不起，我代那些患者谢谢你们！但这钱请你先收下，我们将按医疗鉴定的结论承担我们的责任。"患者妻子仍是没有接，她说："那就等鉴定结论再说吧，昧良心的钱我一分不要。昧良心的事我一点不做。"

几句话，掷地有声，锤子般地敲在每个人的心上，也重重地敲着他的心。他第一次感到自己是那么卑鄙。是啊，虽同样是人，做人却有着天壤之别。懵懵懂懂中，他懂得了，那是灵魂的差距。

众人唏嘘中，他悄然走出了病房，暗暗下了决心，从今以后，自己也要做到"昧良心的钱一分不要，昧良心的事一点不做"。

这是我的责任

清心

　　台湾有一所民间集资创办的学校，主要着重于道德涵养和职业技能的训练。学校共有学生四千多人，平均年龄在十六岁左右。学校没有保卫，没有厨师，没有清洁工人，一切必要的工作都由学生自己去完成。学校实行学长制，高年级的学生带低年级的学生。学校占地一万八千多平方米，教室窗明几净，桌椅纤尘不染，校园里看不到任何纸屑或随意丢弃的垃圾。由于学生训练有素，每次全校集合只需三分钟。学生见到老师，在七米之外必须敬礼。在这所学校就读的学生，寒暑假没有作业。并且，大学升学率每年都是百分之百。这就是在台湾享誉三十年，以道德教育为本的忠信高级工商学校。

　　忠信创始人高震东校长在大陆演讲时，问台下的学生："'天下兴亡'的下一句是什么？"众人齐答："匹夫有责！"高先生立刻摆手否定："不！应该是天下兴亡，我的责任！因为，'匹夫有责'常会导致互相推诿，继而变成人人无责。"他认为，每个学生，都应把责任拉到自己身上来。比如，教室地面不干净，老师问，这是谁的责任？假如张三站起来说，报告老师，今天是李四同学值日，他忘记了打扫卫生。如此，在忠信学校，张三是要被惩罚的。张三应该答："老师，对不起，这是我的责任。"接下来马上去打扫。

　　在忠信学校，不论哪个同学发现教室或楼道的灯泡坏了、窗玻璃碎掉了，都会马上自己掏钱买来换上。高校长认为，遇到事情，不把责任向外推出，而是拉过来，揽到自己身上，这才是真正的教育。有人反驳道，不去追究失

职者，反而毫无理由地责骂无辜的学生，此乃不辨是非。实际上，这是另一种不负责任。高校长说，如果每个人都把责任拉过来，管理好自己，那么，还会发生失职或过失吗？如果每个人都不往地上丢废纸，每个人见到废纸都能弯腰捡起来，校园还会不干净吗？在忠信，他只要求每个学生把目光从别人身上收回来，放到自己身上，对自己负责，并且，把自己负责好。另外，他告诉所有的年轻人，不要认为比别人辛劳一点就是吃亏，有些看似吃亏的事情，其实是在占便宜。

忠信的教育，让我不禁想到日本松下电器的创始人，被世人称为"经营之神"的松下幸之助。那是 1922 年末，按照惯例工厂要进行大扫除。他在巡视时注意到，工厂里五十多名工人，却无人去打扫厕所。出人意料的是，松下没有立即指派他人去清理，更没有大发雷霆。他像普通工人一样，坦然从容地走进厕所，拿起靠在墙角的扫帚，开始一点一点地清扫。扫完之后，又用抹布，将铺在地上的方砖一块块擦拭干净。走出来时，望着守在门口满脸惊讶的员工，他一边用手帕擦汗，一边微笑着说："收拾干净了，大家可以使用了。"从此，虽然松下再未打扫过厕所，但，在他的企业里，所有的厕所，每天二十四小时，一直保持得干干净净。

记者问他："作为老总，您为何要亲自去清扫厕所呢？"他很自然地答道："没什么。这是我的责任。因为，那个厕所，我也常用的。"

忠信的教育理念，以及松下幸之助的言行，深深感动了我。那天回到家，厨房的水池里，一如既往，杯盘狼藉。若在平时，我定会一边冲着躺在沙发上看球赛的老公和儿子发牢骚，一边气愤地将碗筷弄得叮当作响。然而，那天我没有。我哼着歌，很快将厨房擦得光亮洁净。老公有点儿沉不住气了，走过来，略带歉意地说："本来，我想看完球赛就洗的。"我哑然一笑，温柔地答："没关系，谁洗都一样。保持家庭干净，是你的责任，也是我的责任。"老公从身后拥住我，一脸的温情。那晚，他主动扎上围裙，给我和儿子炒了两个拿手菜。并且，睡前把每个房间的地板，亦拖得一干二净。我洗澡时，

听到他对儿子说："以后，好好保持家庭卫生，你妈说了，这是家里每个人的责任。"水声哗哗，处处流淌的，都是幸福的声音。

如果妻子与丈夫、父母与孩子、老师与学生、医生与患者、领导与员工，等等，每个人都能用"这是我的责任"要求并反省自己，那么，这个世界，将会减少多少矛盾？多少欺骗？多少遗憾与纷争？如果每个人，都能用"这是我的责任"时时提醒自己，都能以身作则，认真完成自己的事情，那么，这个世界，将会变得多么美好，多么和谐，多么洁净！

这是我的责任！如果记住了这句话，我想，你已拿到开启幸福之门的钥匙。

不妨学学韩国泡菜

清心

2010年9月，韩国大白菜的零售价达到了史上最高点：每棵1.38万韩元，约合人民币八十二元。春雨贵如油。对韩国人而言，泡菜如同日日陪伴的手机电脑一样不可或缺。据说，四千八百多万的韩国人，每年至少要吃掉将近一百五十万吨的泡菜。因此，当下最受国民关注的，并非即将在韩召开的"G20峰会"，而是俨然成为"金菜"的大白菜限购，以及由此引发的泡菜危机。

只是，如果你觉得这场波动仅仅震荡了韩国，那么，你真是小看了韩国的泡菜。

据韩国关税厅统计显示，目前，韩国共向五十四个国家和地区出口泡菜。去年泡菜出口量为2.8万吨，出口额达到8939万美元。今年泡菜出口继续呈增长趋势，截至四月底，出口量已达1.2万吨，出口额达到3227万美元。若不是遭遇泡菜危机，我想，今年的数字应该比去年更加令韩国人心旷神怡。

那么，韩国泡菜到底具有何等超凡魔力，竟能以白菜萝卜的庸常之躯，数十年如一日，被不同肤色的人津津乐道，且冠以历史悠久、享誉全球的美名呢？它究竟凭的是什么？

在韩国，几乎所有的女性都有一手做泡菜的绝活。作为韩国饭桌上一日三餐必备的美味，泡菜的制作并不复杂。先把大白菜用适量的盐腌起来。再将大蒜、姜、洋葱、梨，用榨汁机压碎，倒入水搅拌在一起。然后，把大米、虾籽压碎熬成粥，倒上鱼酱。再把大白菜与上述调料混合在一起，搅拌均匀。

最后，发酵密封。

看上去很简单，只有寥寥数语。然而，韩国人朴真美说，在制作时，他们会特别注意以下三点：第一，只用纯净水，绝对不用自来水。第二，粥熬好后，一定要耐心等待，直到凉至50℃时，才能加入辣椒粉、酱汁进行搅拌。温度太热，或者太凉都不行。第三，无论萝卜还是白菜，以及其他辅料，都一定要选择最优质的。

在韩国，不论生产泡菜的工厂，还是只为佐餐的家庭腌制，虽然在制作材料上依据自己的喜好各有差异，然而，大体的做法却始终一致。数十年来，最大的变化，亦无非是从以前每百克含盐2.5克，下降到如今的每百克含盐2克而已。韩国的泡菜，据说从未用过自来水。制作时粥的温度，亦是上下差不过1℃。选择材料时，更是精挑细选，摒弃哪怕一丁点儿的糟粕，只使用最佳的部分。在韩国人眼里，对待泡菜如同呵护自己的孩子。所以，它被称为"用母爱腌制出的亲情"。有的韩国人，甚至将泡菜的鲜美爽口，称为"妈妈的味道"。因此，它早已超越佐餐佳肴，升华成了韩国特有的传统和文化，成为人们心中的"国菜"。

声声赞叹，阳光般，一朵朵盛开。这样的坚持传统，这样的摒弃机巧，这样的倾情挚爱，着实令人钦佩。

那么，回过头来，再看看我们的食品。

近日，"一滴香"的名字，几乎在一夜之间变得家喻户晓。它的神奇，在于只需要滴上一两滴，清水立刻就能变成高汤。

我们都知道，真正的上汤汤底，应该由牛骨、猪骨、鸡骨等肉类，添加天然香料，以文火慢慢熬制而成。且时间越久，汤味越浓。然而，"一滴香"使制汤变得越发省钱、省时、省力，加上价格低廉、味道香浓而颇受火锅店、米线店老板的欢迎。但是，由于这种食品添加剂均是未经检验的"三无"产品，且都是通过化学合成，长期食用对人体健康十分有害，尤其影响青少年的身体发育。

　　韩国的泡菜，因为遵循优良的传统，得以历史悠久，誉满全球。而我们的饭店，仅仅为了减低成本，提高利润，竟恨不得在每锅汤里都滴上"一滴香"。

　　一直记得，那次下乡，午饭时餐馆的服务员问大家需要什么主食。我随口说了句"豆沙包"。然身旁的司机要了碗米饭。待豆沙包端上来，一个个漂亮得似童话里的白雪公主。大家食欲大增，不到两分钟，一盘豆沙包就吃了个精光。司机在一旁却频频摇头。问其原因，他说，有一次，他亲眼看到，蒸馒头的作坊，将一袋洗衣粉倒进了面粉里。据说，这样蒸出的东西既白又暄，而且还省了发酵粉的成本……

　　鸡鸭喂激素、猪肉注水、蒸馒头用漂白粉、饮用水污染……种种隐患，如同一波波的暗涌，正狞笑着，双臂抱肩，伺机伤害我们。

　　一个三聚氰胺，轻而易举地毁了如日中天的三鹿集团。那么，热衷于"一滴香"的个人与企业，是否应该停下追逐金钱的脚步，吸取教训，重新审视一下自己的现状与未来？

　　如果有时间，还是放下所谓的致富经，不妨去学学韩国的泡菜吧。学习它的传统正宗，学习它的坚守诚信，学习它的一丝不苟，更要学习它的高瞻远瞩。只有这样，下一个闹笑话的，才不会轮到你！

朋友

周海亮

是朋友，才敢放心把钱借给他。想不到，那钱却迟迟不见还。借条有两张，一张五千，一张两千，已经在他这儿，存放了两三年。

如果他的日子好过些，或者只要还能马马虎虎过得下去，他想他仍然不会主动去要求朋友还钱。可是他失业已近一年，一年中，他试着做了点小生意，又把最后的一点钱赔光，这日子过得就艰难无比。自己还好办，一个凉馒头两块咸菜，再加一杯白开水，就是一顿饭。可是看到妻子女儿也跟着他受苦，心里就很不是滋味。他想，现在应该向他开口了。七千元钱虽然不多，但应该可以让自己、让自己的家，渡过难关。

和朋友是在上中学的时候认识的，两个人同坐一张课桌，很聊得来。他们有着共同的爱好和理想，慢慢地变得形影不离。后来他们又考上同一所大学，读同一个专业，这份友谊就愈加深厚。毕业后，他们一起来到这个陌生的小城打拼，两个人受尽了苦，却都生活得不太理想。似乎朋友比他要稍好一些——虽然朋友只是一个小职员，可那毕竟是一家大公司，薪水并不低。

可是那次朋友找到他，向他借钱。他猜最多也就两三百元钱罢了，甚至不必还他。可当朋友说出五千这个数字时，他简直不敢相信自己的耳朵。他对朋友说："虽然这两年来，我只攒下了五千元钱，但我仍然可以全部借给你。不过，你得告诉我，你借这五千元钱做什么？"朋友说，有急用。他问，有什么急用？朋友说："你别问行吗？"最终，他还是把钱借给了朋友。他

想，既然朋友不想说，肯定有他的道理，那么不追问，对朋友也是一种尊重。朋友郑重地为他打了一张借条，借条上写着，一年后还钱。

可是一年过去了，朋友却没能把这五千元钱还上。朋友常常去找他聊天，告诉他自己的钱有些紧，暂时不能够还钱，请他谅解。他说，不急不急。那时他真的不急。那时他还没有结婚。那时，他还能够领到一份工资。

可是突然有一天，朋友再次提出跟他借钱，仍然是五千元，仍然许诺一年以后还钱。于是他有些不高兴，他想，难道朋友不知道"有借有还，再借不难"的道理？他再次问朋友借钱做什么，朋友仍然没有告诉他。朋友只是说，有急用。他说："难道我们不是朋友吗？如果是朋友，你为什么不能告诉我？"朋友说："暂时还不能——你压力大，所以只能我向你借钱。"他当然听不懂朋友这句逻辑不通的话。听不懂，却仍然借给了朋友两千元钱，然后收好朋友为他打的借条。为什么借他？因为他相信那份珍贵的友谊。

往后的两个月里，朋友再也没来找过他。他有些纳闷，去找朋友，却不见了他的踪影。朋友的同事告诉他，朋友暂时辞了工作，回了老家。也许他还会回来，也许永远不会。他想，朋友这是什么意思呢？这是不是说明，朋友想顺便赖掉这七千元钱？后来他感觉自己对朋友的猜测实在有些恶毒。朋友是这样的人吗？凭他们交往了十几年，凭他们十几年建立起来的深厚友谊，凭他对朋友为人的认知，他想，朋友肯定会在某一天回到这个城市，找到他，亲手还了借他的钱。

他等了两年，也没有等来他的朋友。现在他有些急了——之所以急，更多的是因为他的窘迫与贫穷。他想，就算他的朋友永远不想再回这个城市，可是难道他不能给自己写一封信吗？不写信给他，就是躲着他；躲着他，就是为了躲掉那七千元钱。这样想着，他不免有些伤心。难道十几年建立起来的这份友谊，在朋友看来，还不如这七千元钱？

好在他有朋友的老家地址。他揣着朋友为他打的两张借条，坐了将近一

天的汽车，去了朋友从小生活的村子。他找到朋友的家，那是三间破败的草房。那天他只见到了朋友的父母，他没有对朋友的父母提钱的事，他只是向他们打听朋友的消息。

"他走了。"朋友的父亲说。

"走了？"他竟没有听明白。

"从房顶上滑下来……村里的小学，下雨天，房子漏雨，他爬上房顶盖油毡纸，脚下一滑……"

"他为什么要冒雨爬上房顶？"

"他心里急，他从小就急，办什么事都急，比如要帮村里盖小学校……"

"您是说他要帮村里盖小学校？"

"是的，已经盖起来了。听他自己说，他借了别人很多钱。可是那些钱仍然不够。这样，有一间房子上的瓦片，只好用了拆旧房拆下来的碎瓦。他也知道那些瓦片不行，可是他说很快就能够筹到钱，换掉那些瓦片……为这个小学校，他悄悄地准备了很多年，借了很多钱……他走得急，没有留下遗言……我不知道他到底欠了谁的钱，到底欠下多少钱……他向你借过钱吗？你是不是来讨债的？"

他的眼泪，终于流下来。他不敢相信他的朋友突然离去，更不敢相信他的朋友原来一直在默默地为村子里建一所小学校。他想起朋友曾经对他说过："你压力大，所以只能我向你借钱。"现在他终于理解这句话的意思了。朋友分两次借走他七千元钱，原来只是想为自己的村子建一所小学校；之所以不肯告诉他，只是不想让他替自己着急。

"你是他什么人？"朋友的父亲问。

"我是他的朋友。"他说，"我这次，只是来看看他，却想不到，他竟走了……还有，我借过他几千元钱，一直没有还。我想等我回去，就想办法把钱凑齐，然后寄过来，您买些好的瓦片，替他把那个房子上的旧瓦片换了。"

　　朋友的父亲老泪纵横，握着他的手说："能有你这样的朋友，他在地下，也会心安。"

　　回去的汽车上，他掏出那两张借条，想撕掉，终又小心翼翼地揣好。他要把这两张借条一直保存下去，为他善良的朋友，为他对朋友恶毒的猜测。

您会熨衣服吗

周海亮

多年前的一个秋天，我怀揣一张地图和二十元钱，来到一个陌生的城市。城市很大，很繁华，令我兴奋并且恐惧。我知道这个城市里有十二家服装厂，我的目标是在其中一家谋得一个服装设计的职位。

当然，这并不容易。

去第一家就碰了壁。跟门卫商量很久，他才放我进去。我找到人事科，告诉科长："我想在这里找一份工作。"科长说："您会熨衣服吗？"我说："什么熨衣服？"科长说："就是整烫工啊。用熨斗把布料和衣服熨平了就行。"我急忙说："您可能误会我的意思了，我是想问问这里需不需要设计人员？"科长说："那倒不需要，这里只需要整烫工。您会熨衣服吗？"我说："我不会熨衣服，我也根本不想熨衣服，我到这里来，只想做设计。"科长就冲我摊开手。他说："那就没办法了。现在全世界都不需要设计，只需要整烫工。"

那天晚上，我就睡在大街上。二十元钱已经花掉五元，剩下的十五元，必须一直坚持到找到工作。

即使半夜里我被冻醒，即使我缩在站牌下瑟瑟发抖，我对自己的前景，仍然充满乐观。为什么不乐观呢？我知道自己的实力，我还知道，这座城市里，还有十一家这样的服装厂。应该会有一家会接受我吧？

可是，很快我就发现事情并不像我想象的那样简单。第二天，我去了另一家服装厂，遭遇几乎是头一天的翻版。当我说明来意，迎来的是劈头盖脸

的一句："您会熨衣服吗？"我跟他们解释清楚后，他们就挥挥手说："设计不用。如果要做整烫工，随时欢迎。"

我并不是自大到认为自己不屑做一名整烫工。我只是觉得，整烫工人人可做，但设计毕竟是凤毛麟角。假如我真的在车间里做一名操着电熨斗的整烫工，那么，我十几年来的努力全将白费。一切都要从头再来，我想，我不能够面对。

可是，第三天，第四天，往后好多天，当我一个工厂一个工厂地毛遂自荐，得到的回答全都是"您会熨衣服吗？"如果我可以接受整烫工，那么，当天就可以上班；如果非设计不做，那么，对不起，本厂不需要。

已经好多天没洗澡了，我想我身上肯定散发着臭味。白天，我一家家服装厂碰运气；到了晚上，就在大街上随便找一个地方睡上一觉。记得那时我穿着西装，那是我唯一的一件像样的衣服，我决不允许它落上灰尘或者压上褶皱。睡觉前，我会把西装脱下来，小心翼翼地盖在身上。晚上很冷，有时我会在那件西装上盖一张报纸。尽管这样做毫无用处，可是毕竟看起来会暖和一些。记得有一天晚上下雨了，可是疲惫至极的我浑然不觉。等到终于醒来，那张报纸已经被彻底打湿，黑黑的纸屑沾满了西装。我慢慢地向下搓着那些纸屑，一边搓一边流泪。

那十五元钱，我花了很多天。所有的钱都变成了馒头，我精打细算，一天啃掉一个或者两个。终于那天晚上，我的口袋里再无分文。其实昨天口袋里就已经空了，最后一个馒头，被我中午的时候啃掉。而这时，十二家服装厂，我已经试过了十一家。

似乎一切都山穷水尽。根本没有人给我动画笔的机会，我却将随身携带的几幅作品全部留在那些服装厂的办公室。那天晚上，我躺在冰冷的石凳上，心灰意冷地想，放弃了，算了，何苦受这份罪？可是当第二天太阳升起时，我想，还是去最后一家试试吧。

照例是和门卫磨了很长时间，他才肯放我进去。人事科里坐着一位女孩儿，

正打着电话。见我去了，示意我先坐到旁边的椅子上等一会儿。似乎过了很久，她才打完电话。她问我："您有事吗？"我说："我想问一下，咱们厂需不需要服装设计？"声音很小，连我自己都能感觉出话说得很没有底气。女孩儿低下头想想，说："您能现在创作两张作品让我看看吗？一张素描，一张时装效果图。"

我欣喜若狂。我手忙脚乱地从画夹里取出画纸，又手忙脚乱地从手提包里取出炭笔。我画得很投入。我似乎是一位即将淹死的落水者突然抓到一根稻草。一张素描用去我两个多小时，正当我打算继续画时装效果图的时候，从厂区传来了铃声。我说："要不我先走，下午再来接着画吧？"女孩儿说："不。您继续画。"

她为我打来了午饭，用一个简易的铝质饭盒。她说："不好意思，您今天中午得在这里对付一下……我先出去有点儿事，一会儿您画得差不多了，我再回来。"女孩儿刚走出去，我就狼吞虎咽地把那个饭盒里的米饭往嘴里扒。因为我要再画一张服装效果图，所以得留在这间办公室里吃午饭。这是女孩儿为我找到的借口，这借口让我心安。

我把完成的服装效果图递给女孩儿，女孩儿拿起来看了很久，然后对我说："您画得很好，很见功力。当个设计，绰绰有余。"刚暗自庆幸，女孩又接着说："可是我们现在并不需要设计人员，不过也许以后会需要。如果您愿意的话，可以在我们厂里先做些别的。您会熨衣服吗？"

那一刻，我想放声大哭。最后的希望刹那破灭，女孩儿带着我转了一个圈子，到最后，仍然回到"熨衣服"上来。我想，那个人说得没错，现在全世界都不需要服装设计，只需要整烫工。

那天我想了很久，然后冲女孩儿点了点头。我说，我愿意。当然我的话是违心的，我并不愿意。可是我没有办法，我得活着，我得吃饭，我需要洗一个哪怕是凉水澡，我需要一份暂时的工作。最后我对自己说，等我赚够了两个月的工资，就会辞职，去另一个城市继续追随自己的梦想。我相信自己

不会做一辈子整烫工。我对自己充满信心。

就这样，那一天，我成了服装厂的一名整烫工。虽然生活暂时没有了问题，可是我很不快乐。当我听别人说这家工厂以后也根本不可能用到像我这样的服装设计的时候，我更是坚定了干一段时间就走的决心。

我在那家服装厂，做了一个半月。

那天，女孩儿突然叫我去办公室。她的话让我不敢相信自己的耳朵。她说："也许从明天开始，您就不必在车间里熨衣服了。有一家外商独资的服装厂正在招聘设计师，以您的水平，应该可以被录取。"

我问她："您怎么知道的？"她说："一个半月前我就有耳闻。不过只是一位朋友透露的内部消息，我并不能够确定，所以没敢告诉您。刚刚接到她的电话，消息属实。咱们这里短期内虽然不需要设计，可是，如果您愿意的话，可以去那里试一试。"

我当然愿意。可是女孩儿接下来的话，让我刚刚点燃的希望之火再一次熄灭。

她说，报名时要自带两幅自己的作品。报名时间是今天下午。

报名地点离这里很远。计算一下时间，我根本不可能在这么短的时间内画出两幅作品，然后赶过去。并且，我扔掉画笔已经一个半月，当我突然拾起画笔，我还能够画出令我满意、令招聘单位满意的作品吗？

女孩儿仿佛看出了我的心思。她从抽屉里取出两张画，对我说，快去吧，别错过了机会。

当然，那是我的作品：一张素描，一张时装效果图。想不到一个半月前我所做的努力，现在终于派上了用场。

最终，我通过了报名，初试，复试，面试，顺利地当上一个独资企业的服装设计。而这一切，与那个女孩儿暗中对我的帮助，当然分不开。

她肯定看出了我的落魄。她甚至知道，假如我在万般无奈之下离开了这个城市，那么，本该属于我的那个机会，也许从此不会再来。她不露声色地

为我打来了午饭，不动声色地为我保留了两幅画作，又不动声色地让我在这个城市里多逗留一个半月，她所做的一切，全是那样得体。她是一位善良并且聪明的女孩儿，她帮我度过一段异常艰难的时光，我永远感激她。

有时候我想，帮助一个人渡过难关，其实并不太难。难的是你不露声色地帮助他人，并且不会令对方产生丝毫的羞愧和难堪。

生活不是林黛玉

李良旭

大学毕业后，我在一家公司找到一份工作。工作落实了，全家人心里的一块石头也落了地。刚刚和几个票友从公园里回来的母亲，听到这个消息，敲起了手中的小锣，欣喜地说道："这下好了！有了工作，就有了饭碗了，有了饭碗，你自己可以养活自己了，也了却了当妈的一颗心了。"

锣声绕梁，余音袅袅。我豪情满怀地说道："妈，您放心吧，用不了多久，我就会干出一番事业来，我还要在城里买一套房，到时把您接到城里去住。"

母亲用手捂住小锣，走到我跟前，帮我理了理衣襟，笑着说道："孩子，你这份孝心我领了，我不需要你能给我带来什么福气，我只是希望你能踏踏实实、平平安安生活就行了。"

我心里暗暗发笑，心想，妈，您真是小瞧我了，就凭我的能力和才干，不愁没有大显身手的时候，等我干出了一番事业，您的小锣就会敲得更响了。

工作了一段时间，我回家看望母亲。母亲看到我回家了，欣喜地接过我手里的包裹。母亲一边递给我一根刚洗净的黄瓜，一边关切地询问我的工作生活情况。

我重重地叹了一口气，回答道，一点儿意思也没有，那个老板是个吝啬鬼，一个月就给那点钱，还不停地让人加班加点；同事之间关系也很复杂，明争暗斗的，活得真累，我都不想干了。

母亲听了，淡淡地说了句，生活不是林黛玉，学会看见生活中的明媚和

锦绣，这比什么都重要。

我听了，疑惑不解地问道，什么"生活不是林黛玉"？

母亲的面容变得认真起来，她一字一句地说道："林黛玉是京剧《黛玉葬花》中的人物，小说《红楼梦》想必你也看过。林黛玉在生活中总有寄人篱下的感觉，待人处世始终是'步步留心，时时在意'，如此这般，可还是过得满面愁容，从来没有感觉到有什么幸福和快乐可言。"

说罢，母亲还来了一段林黛玉唱腔：两弯似蹙非蹙笼烟眉，一双似喜非喜含情目。那一招一式，字正腔圆，仿佛还真有舞台上林黛玉那个韵味。

我忍俊不禁道："妈，您真不愧是一个京剧迷，被您这么一说一唱，真的有种出神入化的意境。"

母亲说："生活中，林黛玉正是'步步留心，时时在意'，所以才有'才下眉头，又上心头'，如此这般心境，她怎能不活得悲怆、活得潦草？你要跳出林黛玉生活的窠臼，活出一个崭新的自我，这才是一种智慧和聪明。"

母亲的一番话，让我郁积在心中的阴影渐渐散开了。离开家时，母亲将我送出屋外。看着我就要走了，母亲忽然来了一个亮腔，然后唱道："人说道，大观园，四季如春／我眼中，却只是一座愁城／看风过后，落红成阵……"

那优美的唱腔在我耳旁久久回想，我仿佛看见母亲那颗慈善和牵挂的心……

生活还是照旧，一点儿没有改变。老板依然吝啬，冷若冰霜；同事之间，竞争依然很激烈，暗地里似乎都较着劲儿，谁也不甘落后，生怕被老板炒了鱿鱼。面对此情此景，我忧从心起，我真的想转身走人，但母亲那句话又在耳旁响起。生活不是林黛玉，生活就是生活，它需要你以积极、乐观的心情去对待。

没想到，心态一变，生活的色彩全变了。我一扫心中以往的阴霾，变得热情、开朗起来。我渐渐地看见，老板脸上露出的微笑；我看见，同事们脸上露出的真诚和善意的笑；我看见，公司里的一花一草也在冲我笑呢……

年度考核，老板在我的评语栏中这样写道："该同志热情、开朗，工作上始终充满着一种积极和乐观的心态，大家与其共事，感到了一种快乐，这种快乐像一朵盛开的花，芬芳馥郁，沁人心脾……"

很久没有给母亲写过信了，我找出笔和信纸给母亲写了一封信，信中写道："妈妈，您说得对，生活不是林黛玉。无论在哪里，都需要一颗积极、乐观的心态。心态一变，生活的色彩全变了。我看见，云彩在冲我微笑，花草在冲我微笑，就连空气都散发出醉人的馨香。也许我永远不能实现给您买房的梦想，甚至我自己买房都难以实现。但我知道了，大观园中，还有许多风景在等待我去欣赏，何必辜负了这满园春色？"

生活在鲜花与掌声之外

闫荣霞

又到过节，应酬宴饮，举杯频繁。这是一个无偿奉送鲜花和掌声的节日，每个人都收获了比平时多一倍的关注和称赞。所幸一年也不过数天的狂欢，不至于把人灌醉到不知东南西北，每个人都能及时醒过来，找准自己的位置。

怕就怕一个人经年累月被鲜花与掌声包围，神智就会被这种东西催生出的热量烤坏。一直为庞秀玉可惜，当年对她火热的宣传造势到现在我还记得。她是少年神童，大师巴金写信鼓励她好好学习，很多地方请她签名售书、作演讲。在她访日期间，一位日本小朋友拉着她的衣襟说，长大后一定要来中国，向她学习读书、写作。没想到，若干年后再见到她，已经是一个让人伤心的仲永了。

都是鲜花和掌声惹的祸。怪只怪荣誉来得太快，太猛，把一个小孩子的心给"忽悠"乱了。心静不下来，学习怎么会好？一个没有足够积累的小姑娘，又有什么能力在文学之路上披荆斩棘，一路高歌向前？

这就是鲜花与掌声以外的真实生活。原来热闹而热烈的鲜花与掌声是最不负责任的。这些只不过是一场华丽而有毒的盛宴，一个飘飞着的五光十色的肥皂泡，当泡破梦醒，曲终人散，真实生活已经被破坏得千疮百孔，这个，谁来负责？

其实，根本就不必质问，也无法向任何人质问，每个人都是怀抱善意的，只是谁也没有想到，这种善意会转化成只能让一个人独自承担的苦涩命运罢

了。说到底，生活只能由自己负责，而不能由献给自己鲜花和掌声的人来负责。

素有"吉他之神"美誉的英国摇滚巨星艾瑞克·克莱普顿，在20世纪90年代初凭着一曲经典作品——《泪洒天堂》，获得格莱美奖——这是用他孩子的生命换来的荣耀。艾瑞克五岁的孩子因保姆的疏忽，不小心坠楼，年幼的生命惨遭摧折。这位受世界音乐人尊崇艳羡的"吉他之神"，拥有了全世界的掌声，却保不住他挚爱的孩子。

这就是生活的真相，再多的鲜花和掌声，也无法让一个哀痛的父亲怀抱活蹦乱跳的孩子，抵达刻骨铭心的幸福彼岸。真正的生活永远在鲜花与掌声之外，而鲜花与掌声，只不过是站在自己的生活外围的一个冷漠的看客，甚至刻薄地说，鲜花与掌声，是围着餐布，抢着刀叉，准备随时把自己分而食之的。当把你吃光啃净，马上转向下一个目标，根本不管你的生活怎么被它搅扰得乱七八糟。

说到底，鲜花掌声之于生活，只不过犹如松之有风，月之有影罢了。风既非松之专有，影也不是月亮贴身的保镖。湘云说"寒塘渡鹤影"，但是在这个豁达的女子心里，渡也就渡了，不会让鹤影就此留在塘心的。就像现在，节也过了，烟花爆竹在半空炸开了，它那梅红喜庆的碎屑落了一身，也须拂之可也，并不需要把它像披红挂彩一样披在身上，琼林宴饮，跨马游街。

但是，鲜花是香的，美的；掌声是响的，亮的；赞美如美酒，如醇醪，谁不愿意痛饮求饱呢？有梦的，继续做梦吧，尽可以梦见自己站在舞台中央，强烈的聚光灯打在自己身上，鲜花如海，掌声如潮。只是莫忘给自己提醒：真正的生活永远在鲜花与掌声之外，痛痒之处，独自承当。

输送善良

余显斌

他有病，准备去看，老伴打电话给工作的儿子。儿子急了，说自己马上回家，陪他去检查，一会儿就赶到。

他很高兴，露出了久违的笑。

老伴陪着他去医院，准备在那儿等着儿子。儿子说了，自己开车赶来，一下车就准备检查，一定等着自己回来。

他的病是老年人常有的毛病，就是头晕，眼睛时时发花。

老夫妻俩一边走着，一边慢慢说着话，心里感到很温馨，也很舒服。尤其是有那么一个孝顺的儿子，老两口一谈到，心里就一片晴朗，好像太阳都突然明亮了。

他埋怨老伴，不该给儿子说，偷偷一检查不就得了吗，为什么要让儿子知道，为自己担心。

老伴笑了，说，自己可不敢，这样做，儿子知道了会埋怨的。

两人虽互相埋怨着，心里却甜滋滋的，有这么个孝顺的儿子是他们的福分啊！人一生要的是什么？不就是有个孝顺有用的儿子吗？他们都得到了，儿子不但孝顺，而且开着一个公司，当了一个不大不小的老板，生意做得红红火火的。

路途上，老伴忍不住又打了一次电话，儿子没有接。老伴自顾自解释说，儿子开车，不敢分神。

144

他听了，也连连点头。

两人到了医院，等了一会儿，并不见儿子来。

他又打了电话，还是没人接。

老伴劝慰他说，还有一段路呢，别急，再等等。

他们找张椅子坐下来，看医生忙进忙出，一头大汗。

这时，一个医生满头大汗跑出来，连声问着，有O型血的人吗？问的时候，声音很惶急，带着微微的颤音。看来，是出现了紧急情况。

他忙站起来，举着手告诉医生，自己是O型血，有什么事。

医生眼睛一亮，等到看到是个老头时，眼睛里的亮光又熄灭了，摇着头说："老人家，你不行，年龄大了。"

他不高兴地问："什么事啊，就断定我不行？"

医生见他生气，无奈地告诉他，有个年轻人发生了车祸，失血过多，人已经昏迷，现在需要输血，需要六百CC的血，可血库里的血已经用完。

他一听，捋起袖子将胳膊伸了过去，说道："来，输我的。"

老伴一见急了，忙一把拉住他："老头子，你有病，不要命了。"

他笑着告诉她，自己没什么大病，不要紧的。

老伴生气了，拿出撒手锏："儿子回来知道了，是要埋怨的。"

他仍笑笑，很骄傲地说："儿子知道了，一定会表扬他老爸的。"

可是，医生摇着头，年龄大了怕受不了。老伴也在旁边扯着不放。这时，一个年轻人挤过来喊道："我是的，我是O型血。"

医生听了，脸上浮出微笑，带着小伙子进了病房。过了一段时间，小伙子出来，一脸灰白。

医生再次大声问："还有O型的吗？"

原来，血量仍不够，还需要输血。

现场的人都叹着气，连连摇头。

他再也忍不住了，一头钻进了病房。当他再出来时，告诉老伴，那个病

人已经度过了危险期，让老伴进去看看。

老伴看他一脸庄重严肃的样子，忙跟着进去了，到了病床前，顿时傻住了，睡在床上的人不是别人，正是他们的儿子。

原来，儿子在往回赶的路途中，发生了车祸，失血太多。如果不是输血及时，生命堪虞。

他的病，不久就治好了。儿子在他们的照顾下，不久也痊愈出院。事后，他悄声问老伴："那次输血该不该？"

老伴低下头，红了脸。他拍着老伴的手，轻声道："每一个人如果都像当时那个输血的小伙子，把别人当亲人，这个世界就好啦。"

老伴无言地点着头。

不久，他们都加入到自愿输血者的行列。以他们的说法，他们不是输血，是输送一点儿善良，一点儿爱心。

为他人铺设台阶

程应峰

　　台阶，生活中随处可见。有粗糙的，有精致的；有平民型的，有贵族化的；有被雨水泥泞过甚至残缺的，有摆放着鲜花铺设着红地毯的……笃实平常的台阶让人感觉实在，富丽堂皇的台阶让人心存敬畏。台阶供人拾级而行，或由高处下来，或由低处上去，它铺设在人的生命中，最为可贵的，就是它可以超乎寻常地为处于窘境的人留住做人的尊严。

　　台阶的贵贱，不在外观，重在虚实。有人一辈子不遗余力为他人铺设台阶，在尽心尽力铺就他人尊严的同时，自己也获得了尊严；有人一辈子为自己铺设台阶，踩着别人的尊严攀援而上，最后将自个铺进了罪恶的深渊，从此永远失去了尊严；有人看似稀松平常地活着，却深谙为人为己的道理，平日里看不见他有多大能耐，关键时刻能够堂堂正正地站出来，用心良苦铺设台阶去维护他人的尊严。

　　生活中处于尴尬境地的人，最需要的就是有一个能让他体面地走开的台阶。

　　有这样一则故事：在一家中国高档餐馆里，一位外国客人用完餐以后，看到一双做工精美、古色古香的景泰蓝筷子，心生爱意，于是悄悄地装进口袋。这位外国客人的举动，恰巧被一位女服务员看见了，她不动声色地说："谢谢各位的光临，顾客的满意是本店的荣幸。我发现有的客人对我店的餐具很感兴趣——这当然是很精美的工艺品——如果有哪一位愿意购买的话，请与

本店的工艺销售部联系，那里有更加精致的无毒卫生的工艺品奉献给各位。"说着便把目光投向那位将筷子放进口袋的外国客人身上。那位客人马上从口袋里掏出了景泰蓝制品，说："我看到贵国的工艺品太精致了，所以情不自禁就收起来了，我很喜欢它，不如以旧换新吧。"用完餐后，那位客人到销售部订购了一套餐具。

还有这样一件事：一位出门在外的先生，在候车的时间段里，信步来到一座茶楼，他不知道在候车室出口拥挤的人群中，他的钱包已被觊觎已久的小偷下手了。喝完茶后，发车时间差不多就到了。他摸着口袋起身去付账，才发现钱包不见了，这一刻，他急得不知如何是好。就在这时，愤愤嘀咕着的女老板一个电话找来几个汉子，把拳头捏得格格响。"老板！"一个服务生拿着一张十元钞径直走向吧台，"这位先生进来就付过账了，可能他一时忘了。这不，钱在我这儿呢！"就这样，服务生不着痕迹地为这位先生化解了意想不到的尴尬。女老板明白真相后，说："其实我那天心情不好，叫人来之后便感到后悔，我想不到该如何收场，你那样做，既让他一路走好，也给了我一个下台的机会。"为这事，服务生得到了女老板的重用。

积极而诚恳地帮助他人，给他人一个正当的理由步下台阶，常常不过是举手之劳的事情。但是，正是这微不足道的举手之劳，给予他人的是最为恰到好处的帮助。而你自己在这个充满竞争的社会里，也具备了令人刮目相看的品质，那份铭心刻骨的敬重和信赖足够你受益一生。

问心无愧

张珠容

　　一个跑民生新闻的年轻女记者工作久了，就发现这个世界上需要帮助的人太多太多。为了尽自己微薄之力，这个女孩加入了一个民间公益组织。一次，她得知一个名叫刘任能的理发师的女儿得了白血病。为了帮助这对父女，女孩策划了一场名叫"全城义剪"的活动，即让这位无助的父亲跟着全城一百多位理发师共同给市民剪发，为女儿筹款。活动现场来了一千五百多位市民，场面非常震撼、温馨和感动，因为大家都是为帮助白血病女孩而来。

　　但就在义剪活动举行到一半时，一个头发花白的老人家突然冲进现场，指着正在帮一个市民剪头发的刘任能说："你知不知道，我的女儿也得了白血病？但为什么只有你那么幸运，可以得到那么多人的帮助，而我的女儿前段时间因为没钱手术，已经离我而去了！"他的声音接近于歇斯底里，说完就蹲下，当场抱头痛哭起来。

　　本来很热烈的现场，突然冷得像一个冰窖，没有人敢说话。另一个悲伤父亲的出现，让一手策划"全城义剪"活动的女孩感到非常震撼。女孩突然意识到，公益可以帮助人，但也可以伤害到人。

　　接下去的很长一段时间，女孩都因为这件事无法释怀。同时，她也在犹豫：对于公益，自己还应该继续吗？

　　多年后，女孩有了一次和功夫明星、壹基金的创始人李连杰面对面交流的机会。她把义剪事件告诉了李连杰，并向他提问："投身公益的人，当他

（她）发现了一个有困难的人，都会本能地调动身边所有资源。可当他（她）倾尽全力去帮助眼前需要帮助的人时，那些没有被看到、也需要帮助的大多数人该怎么办？"

李连杰回答说："因为我们的努力这世界就没事了，这事根本就不存在。我们的社会，有各种各样的基金，比如妇女基金会，它解决妇女的问题；儿童基金会，解决儿童的问题；残疾人基金会，解决残疾人的问题。而我创办的壹基金，是解决灾难人群、特殊儿童以及公益教育的问题。每一个基金会都在做自己的一点点事，同样，每一个投身公益的人也在做自己的一点点努力。虽然公益组织不是孙悟空，投身公益的人不是超人，但只要尽己所能，就能做到最好！"

女孩听完，感触很深，她突然回想起自己上初中时在课堂上朗读过的一个故事——《这条小鱼在乎》：暴风雨后，一个沙滩的浅水洼里有许多被卷上岸来的小鱼。浅水洼里的水很快会渗光，所以用不了多久小鱼就会干死。一个小男孩却不停地捡起水洼里的小鱼，用力地把它们扔回大海。一个刚好在海边散步的男人看到了，忍不住劝小男孩："水洼里的小鱼成百上千，你救也救不完，而且没人会在乎。"男孩却一边回答，一边捡起一条条小鱼扔进大海："这条小鱼在乎！还有这一条，这一条，这一条……"

想到这里，女孩终于能够释然：是的，或许自己能帮到的人很有限，但自己坚持努力、倾尽所能，已经做到问心无愧。

第五辑
原谅别人等于解脱自己

你想，心中被仇恨占满了，快乐放在哪里呢？你原谅他曾经的过错，其实对于你，也是一种解脱。

习惯的力量

周礼

有一位教授曾做过一个实验：他将一只跳蚤放进一个容器里，容器的高度刚好为跳蚤能够达到的位置。为了防止跳蚤从容器里跳出，教授特地在上面放了一块玻璃隔着。第一天，跳蚤表现得十分活跃，它一次又一次地撞击着玻璃，大有不达目的不罢休之势。可是，它的力量实在太单薄了，无论怎么努力，始终无法冲破玻璃的阻隔。尽管如此，跳蚤还是没有放弃，每隔一段时间，它又会发起一阵猛烈的攻击。

过了几天，教授再去观察，发现跳蚤上跳的频率明显减少了，它没了先前的冲劲和锐气，变得有些懒惰和绝望了。又过了几天，教授再去观察，发现跳蚤几乎丧失了斗志，只是在容器底部跳来跳去……就这样，过了几个月，教授惊奇地发现，跳蚤已不再做任何努力，它终日得过且过地待在容器底部。随后，教授将容器上方的玻璃抽掉了，他满以为跳蚤会一下子蹦出来。但出乎意料的是，跳蚤丝毫没有这样的举动，它已经完全习惯了现在的生活。

紧接着，教授又将另一只跳蚤放进一个容器里，容器的高度略微超过跳蚤上跳的极限，上面没有再加盖子。经过一段时间的观察，教授发现，跳蚤每天都会习惯性地往上跳，虽然每次它都无法超越容器的高度，但它仍旧乐此不疲，把这当作每天的必修课。半年后的一天，奇迹发生了，跳蚤逃离了容器，重新获得了自由。见此，教授不禁发出一声感叹："习惯的力量是多么可怕呀！"

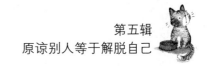

　　一个人从呱呱坠地到长大成人，身上总会养成这样或那样的习惯，有的习惯是好的，比如，勤奋、守时、认真、勇敢、谦虚等；有的习惯是不好的，比如，懒惰、拖拉、抱怨、傲慢、吸烟等。但无论是什么样的习惯，都具有强大的力量，都足以改变一个人的人生，只是一个好的习惯能够成就一个人，而一个坏的习惯则会毁掉一个人。

　　张飞和赵云同属于三国时期的名将，两个人的命运却大相径庭，究其原因，习惯所致。大家都知道张飞的习惯很不好，不仅喜欢酗酒，并且爱发脾气，动不动就骂人，用鞭子抽打下属，结果在一次醉酒后，张飞被手下的两个小喽啰范疆和张达所杀，致使壮志未酬身先死。而赵云则不同，他身上几乎没有什么不良的习惯，为人低调谦恭，待人友善和蔼，有什么好处总是先想到别人，结果他受到了上级和下级的一致认可，功成名就，光耀青史。

　　据说，一个人一天的行为中，大约有百分之五是属于非习惯性的，大约有百分之九十五属于习惯性的。同一个动作，如果重复三周，就会变成习惯性动作；如果重复三个月，就会形成稳定的习惯。而对于个人的不良习惯，我们往往浑然不觉，或习以为常，很难意识到其危害性。

　　著名心理学家威廉·詹姆士说："播下一个行动，收获一种习惯；播下一种习惯，收获一种性格；播下一种性格，收获一种命运。"如果你想开创一番事业，那么请务必改掉你身上的坏习惯，努力养成好习惯。

五张纸条

周海亮

暴风雪袭来时，卡车却在茫茫戈壁滩中抛锚。天地间霎时昏暗混沌，只剩下狂风、雪尘与彻骨的酷寒。似乎连空气都冻成冰刃，咝咝叫着，从每个人的脖子上划过去。六个人缩在狭窄的车厢里瑟瑟发抖，血和呼吸仿佛早已凝固。死神一步步迫近，每个人的心里，都有了恐惧。

这是一个很小的剧团，要去戈壁滩的深处慰问一支驻扎部队。六个人里，年纪最大的四十二岁，是团长；年纪最小的十八岁，是剧团新成员。他们是一对父子。

六个人在暴风雪里坚持了一天一夜。周围除了风雪，连飞鸟都见不到一只。天气越来越恶劣，死神近在咫尺。他们也曾试图丢下车子徒步前行，可是这打算很快被他们放弃——走进这样的漫天风雪，几乎等同于选择死亡；挤在车厢里，等风雪过去或者被救援人员发现，或许还有一丝生还的可能。

又熬过一天。风雪仍然肆虐，世界只剩一辆被埋起半截的卡车。所有人都知道，假如黄昏以前仍然没有人发现他们，他们将会被无声无息地冻死在黑夜的戈壁滩。

终于决定让一个人离开，徒步走进暴风雪寻找救援。他们认为这是最后的希望。假如运气好的话，假如那个人可以找到救援队并顺利返回，也许他们能够得救。团长宣布完这个决定，静静地看着每一个人。

没有人主动站出来，都知道一旦离开车子，生命就会脆弱得如同高空中

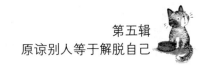

落下的鸡蛋——留在车厢里的生还机会，远比一个人在风雪中独行要大得多。

可是必须有人走出去——或者找到救援，或者在雪地里死去。

车厢里死一般静，每个人都面无表情。团长看看儿子，儿子急忙低下头——他的身体是六个人里最好的，或许他不能找来救援，但他可以在暴风雪里走得最远，活得最长——他是寻找救援的最好人选。

团长说，现在必须做出决定，选到谁，谁就走出去。

仍然没有人说话。

团长说，那么大家写在纸上吧，票数最多的人走出去。他掏出一张纸，撕成大小均匀的五个纸条。他将纸条分别递到五个人手里，说，写下来以后，交给他。

大家用冻得僵硬的手在纸条上郑重地写下一个名字，然后将纸条小心地折好，交回团长。

团长将五个纸条依次打开，表情越来越严峻。纸条全部看完，他长叹了一口气，把纸条递给他的儿子。他说，大家的意思，改不了。

儿子从父亲手里接过纸条，一张一张慢慢地看。看完抬头，看父亲一眼，再看其余每个人一眼，然后推开车门走了出去。他没说一句话，他的眼睛饱含泪花，表情很是壮烈，他深知走出车厢意味着什么。狂风裹挟着雪尘刹那间涌进车厢，车厢里的温度骤然变得更低。再寻找他，风雪里只剩一个越来越小的暗灰色影子——他在瞬间将自己淹进雪的海洋。

剩下的五个人缩在风雪里，开始了一生中最漫长的等待——等待被救，或者等待死亡。

他们还是得救了，不是因为团长的儿子领回救援人员，而是因为暴风雪终于过去。救援直升机在空中发现他们抛锚的卡车，又在三个小时以后，在雪地里找到团长的儿子。

他走出去很远，那绝对是别人不能够达到的速度和距离。事实证明，他的确是六个人里面最合适的人选。他努力了，可是没有用，他没有完成任务。

他不是神，他只是一位 18 岁的少年。

人们没能将他救活。他的死去，看起来，毫无价值。

整理遗物的时候，有人在他的口袋里发现五张对折的小纸条。

五张纸条上，写着五个不同的名字……

无限延期的惩罚

周海亮

小学一年级的时候，有一天，我把一只毛毛虫塞进一位女同学的后脖领。女同学猛然受到惊吓，原地蹦两下以后，竟开始围着课桌转圈。慌乱之中，她扭伤了左脚。整整一个下午，扯开嗓子号叫。

理所当然，她的家长找上了门。我记得父亲红着脸给他们道歉，父亲说："你放心，我不会轻饶了这小子！"

每一次闯祸回到家，父亲迎接我的，都是一把上下翻飞的笤帚。我想这次，那把笤帚，一定会让我的屁股皮开肉绽。

女同学的家长走后，父亲把胆战心惊的我叫到身边。他说："你知道自己做了什么事吗？"我说知道。他说："你知道我会怎样惩罚你吗？"我说知道。父亲就挥了挥那把笤帚，说："你先去做作业，等吃完饭，我再收拾你！"

我心神不宁地吃完晚饭，蹑手蹑脚地往自己的房间里钻。父亲拦住我，他说："你躲什么，怕挨揍？"我说是。父亲说："那我今天不揍你了，正好我也有些累。等明天吃完晚饭再补上！"说完，他又一次挥动了那把笤帚。

第二天整整一天，我过得很不安稳。我开始后悔自己为什么要搞那样的恶作剧。这很奇怪。以前，哪怕屁股还在火辣辣地痛，我也不会对自己的所为产生哪怕丝毫的悔恨。父亲落在我屁股上的笤帚，甚至让我有了英雄般的感觉。而这次，父亲不过把一顿暴揍延迟了一天，却让年幼的我，产生出几许愧疚。

尽管那些愧疚，更多地来自于我对皮肉之苦的恐惧。

晚饭后，父亲仍然没有揍我，他好像忘记了要揍我这件事，这让我窃喜不已。可是三天后，当我以为一切都已经过去时，父亲却突然对我说："还记得我要揍你吗？"我紧张地说记得。我知道这个惩罚终究逃不过去，想不到父亲说："记得就好，我还以为你忘记了。"然后他摆摆手，让我去睡觉。

必须承认，一个不知何时会突然降临的惩罚，对那时的我，无异于一场折磨。有时我甚至希望父亲马上揍我一顿，我想那样的话，我就轻松了。既然惩罚已经过去，那么我还可以搞恶作剧，还可以把一只毛毛虫，塞进某位女同学的脖领。

可是父亲将惩罚遥遥无期地拖了下去。每当我要忘记时，他就会适时地提醒我，让我再一次紧张无比。而每一次，他都会摆摆手，让我做别的事去。这种缓期执行的做法，让我从此小心翼翼，不敢做任何错事。

多年后，父亲说："知道当时为什么不揍你一顿吗？"我问："为什么？"父亲说："因为你上学了，长大了。你长大了，我就不能用对待小孩子的方式对待你。不过，错误是你犯下的，你当然要受到惩罚。这个惩罚，就是我把你最害怕的惩罚，无限期地在你的心中拖延。让你时时后悔，时时愧疚。你想，这是不是比揍你一顿管用？不过……"说到这里，父亲笑了，他摸摸身边的笤帚。他的动作让我再一次胆战心惊。

即使现在，有时我和年迈的父亲吃饭，也会突然担心起来。我想，会不会有一天，父亲突然对我说，昨天你又犯了错误，来，两罪并罚，撅起屁股！然后，操起那个笤帚……

看来，让一个犯错的人心生愧疚，远比让他皮开肉绽，要好很多。

我做绿叶你做花

周礼

塞缪尔·杰克逊是好莱坞著名的影视演员，被誉为"有史以来最卖座电影演员"，他曾出演过众多大家喜闻乐见的影片，如：《侏罗纪公园》《低俗小说》《星球大战前传1》《钢铁侠2》《复仇者联盟》等，然而，在塞缪尔四十余年的演艺生涯中，他扮演的大多都是配角。

1972年，塞缪尔怀着一腔热血来到了纽约，并打算在影视圈开创一番事业。他像所有渴望成功、渴望成名的年轻人一样，希望有朝一日能演个主角，然后一炮走红。然而，做一个演员并不是塞缪尔想象的那么简单。首先，塞缪尔是半路出家，他之前一直学的建筑业，又没有熟识的导演和演员为他引路，并且他还有一个致命的硬伤——口吃；其次，从长相上来看，塞缪尔也不具有得天独厚的优势，他是一位黑人，外表也不够英俊，不是那种让人一见就有好感的人。尽管如此，塞缪尔还是坚信，是金子总会发光，只要自己肯努力，总有一天能成为一个大牌明星。

可现实就是这么残酷，塞缪尔去了很多家电影公司，但都被导演或制片人拒绝了，理由很简单，他没有什么特别出众的地方。塞缪尔不禁有些心灰意冷，他问自己，难道我天生就不是演戏的料吗？

正当塞缪尔准备放弃做一个演员时，父亲打来电话，他对塞缪尔说："为什么你不试着从一个配角做起呢？记得小时候，我们家院墙边有一棵树，每到花开时节，院子里总散发出一股甜甜的清香，我非常喜欢这种花，但遗憾

的是，每次总有人捷足先登，我一朵花也没有摘到。后来，我想通了，既然摘不到花，为何我不采一片绿叶呢？"接着，父亲话锋一转，语重心长地说："孩子，一株玫瑰，它上面没有几朵红花，但绿叶有无数，你为什么不放弃红花，而选择绿叶呢？花有花的美丽，叶有叶的灿烂，谁又能说绿叶不如红花呢？"

父亲的话给了塞缪尔很大的启发，从那以后，他不再梦想着当主角，而是选择别人看不上的配角，并将配角当作主角来演，哪怕只有很少的戏份，他也会付出百分之百的努力。他想，一部电影，光是主角，唱不完这台戏，配角也很重要，既然如此，那我就做好绿叶，陪衬好红花。塞缪尔的努力没有白费，他那种冷漠中带有一点质疑的表演风格受到了人们热烈的追捧，他也从一个不起眼的配角成了闪耀的明星。渐渐地，人们发现，没有塞缪尔这个配角，整部电影都没了特色，没了意思。

功夫不负有心人，1981年，塞缪尔出演了《丛林热》中那个嗑药成瘾的流浪汉，并获得了生平第一个大奖——戛纳影展最佳男配角奖。随后，他又出演了《低俗小说》的配角，因为精彩的表现，他斩获了奥斯卡金像奖与金球奖最佳男配角提名，并获得英国电影电视学院颁发的最佳男主角奖。2000年，塞缪尔受邀出演《黑豹》，他终于从配角走向了主角，而此时人们早已忘了他配角的身份，事实上，在影迷们的心中，他一直都是主角，永远都是主角。

我能为你做些什么

周海亮

2004年9月下旬，我接到一封信，是一封读者来信，不过是一堆溢美之词，并无特别之处。之所以对这封信有些印象，是因为，这封信寄自韩国。似乎是一位在韩国打工的年轻人，又似乎是一位在韩国定居的华人，无论看笔迹还是看语气，都感觉年龄不大。信握在手里，很轻，就像一片树叶。事实上，那里面真的夹着一枚干树叶，绿色，手掌形，叶脉清晰。信在书桌上躺了一天，黄昏时我有了些空闲，想给他写一封简短的回信，却正好有朋友打电话约我小聚，那封信于是被扔进了抽屉。这一耽搁便是很久，直到2005年夏季，这封信才再一次被我翻出。

是一位搞集邮的朋友来访。朋友每隔一段时间就会过来一次，翻拣我废弃不要的信件，试图从里面找到有价值的邮票。大多时他都会空手而归——尽管我的信件很多，但有价值的邮票极少。可是那天，当朋友看到这封信，立刻发出一声兴奋的尖叫。他把信抓在手里，问我，信封还有用吗？

于是，这封信从记忆中再一次被翻出。

那个下午我放下手头的工作，为来信者写了一封简短且客气的回信。后来我认为那不过是一堆废话，无非是鼓励对方好好写作，坚持到底必有收获等等，和我的千百封回信没什么不同。信写完了，去邮局的路上，顺手在路边拾了一片绿叶夹进信纸里。那是我第一次给国外的朋友回复信件，却像例行公事一般，草草了事。

后来这件事终于被我彻底忘记。

直到 2006 年冬季，又一封信从韩国寄来。仍然是上一次的地址，仍然充满了太多的溢美之词，仍然在信里夹一枚脉络清晰的绿叶。可是，我还是注意到两封信的不同之处。其一，是字迹不一样，显然是两个人所写；其二，语气也不太一样——一封不长的信里，竟然用了十多个"谢谢您"。

事情似乎有些蹊跷。

正好那天没事，于是给他写了封回信。几句客套话之后，提出了我的疑惑。当然在信寄走以前，我不忘在信纸里夹一枚绿叶。满城都是花店，即使在冬天，寻找一片绿叶也并非难事。

一个月以后，我再一次收到来自韩国的信。整整一个下午，我把那封信细细地读了三遍——那封信背后的故事让我唏嘘不已。

正如我怀疑的那样，三封信并非出自一人之手。第一封信的确是一位年轻人所写，而写后两封信的，则是他的父亲。年轻人很小就跟随父亲去了韩国并加入韩国国籍，可是他非常喜欢中国文化，他的父亲说，家里的书架上，几乎摆满了中文读物。

从其中一本书里，年轻人认识并喜欢上我，确切说，是认识并喜欢上我的文字。而在那时，年轻人已经身患绝症。

他问他的父亲，能不能给我写一封信——这之前他还从没有给陌生人写过信。父亲说，当然可以。他说，可是万一对方不回信呢？那多尴尬。父亲说，不会的，他肯定会回信。在父亲的鼓励下，他开始写信。他没用打印机，他说那样不礼貌。他就用钢笔，先打一遍草稿，再在草稿上修改，改完了，再工工整整地抄一遍，然后从一本书里找一枚绿叶夹进去。他的父亲告诉我，其实那时候，他并不能够肯定我会回信，更不能够肯定自己的儿子能不能活到我给他们回信的那一天。他们直等了大半年，仍然没有等到回信。正当他们几乎不抱任何希望的时候，一封来自中国的信送到他们手中。

他的父亲告诉我，接到信的那一天，他的儿子心情非常好。尽管那时他

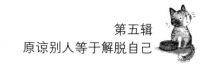

已经极度虚弱，可是躺在病床上的他仍然在笑。几天以后，他的儿子永远离开了人世。

为表示感谢，父亲模仿他的笔迹与口气给我回了封信。他不想让我知道自己儿子太多的事情，他试图隐瞒。他说，为什么要让一个毫不相干的人来分担他的痛苦呢？更何况，我已经帮他、帮他的儿子太多太多。

可是我帮了他们什么呢？我想我什么也没有给他们帮助，我只是给他的儿子回了一封简短的信，那封信字迹潦草，废话连篇。可就是这封信，给他，给他的儿子，带去了太多的快乐，并让他的儿子在人生最后的日子里，对另一个国家的一位素不相识的人，没有失望。

后来与他的父亲慢慢熟识，竟然通过几次电话。记得有一次我问他："假如我终未回那封信，你的儿子会恨我吗？"

他说，应该不会恨，不过他会很失望。他的儿子曾经听别人说，作家都是很高傲的，特别是中国的作家。他不信。不过，如果我没有回信，那么，他不但会带着遗憾离去，并且，或许会真的认为中国的作家都是高傲并拒人于千里之外的。

年轻人叫金东会，男，二十三周岁，家住韩国仁川市，死于白血病。

那天放下电话，我竟然产生一种刀锋掠过头皮的感觉。假如那封信不是被我放进抽屉里，而是随便扔掉，假如那位集邮的朋友没有来，或者即使来了也没有见到那封信，假如那天我没有给他回信，那么，我伤害的绝不仅仅是一位韩籍华人，而是所有中国作家们的人品了。

我常常想，作为一名文字工作者，究竟能够给这个世界带来什么。后来我想，也许带来什么不是关键，关键是别让这个世界失去什么。比如纯朴，比如认真，比如做人最基本的礼貌，等等。除此之外，如果你能为别人带来几个落于纸面的故事，带来哪怕一点点智慧的火花，带来哪怕一丝丝心灵的温暖，足够了。

即使做不到这些，那么，最起码，我们还能给远方一位喜欢你的陌生朋友，回一封简短的信。

163

洗手间里的晚宴

周海亮

女佣住在主人家附近，一片破旧平房中的一间。她是单身母亲，独自带一个四岁的男孩儿。每天，她早早地帮主人收拾完毕，然后返回自己的家。主人也曾留她住下，却总是被她拒绝。因为她是女佣，她非常自卑。

那天主人要请很多客人吃饭。客人们出身上流，个个光彩照人。主人对女佣说："今天您能不能辛苦一点儿，晚一些回家？"女佣说："当然可以，不过我儿子见不到我，会害怕的。"主人说："那您把他也带过来吧……不好意思，今天情况有些特殊。"那时已是黄昏，客人们马上就到。女佣急匆匆回家，拉了自己的儿子就往主人家赶。儿子问："我们要去哪里？"女佣说："带你参加一个晚宴。"

四岁的儿子并不知道，自己的母亲是一位佣人。

女佣把儿子关进主人家的书房。她说："你先待在这里，现在晚宴还没有开始。"然后女佣进了厨房，做菜，切水果，煮咖啡，忙个不停。不断有客人按响门铃，主人或者女佣跑过去开门。有时女佣进书房看看，她的儿子正安静地坐在那里。儿子问："晚宴什么时间开始？"女佣说："不急。你悄悄在这里待着，别出声。"

可是不断有客人光临主人的书房。或许他们知道男孩儿是女佣的儿子，或许并不知道。他们亲切地拍拍男孩儿的头，然后自顾翻看着主人书架上的书，并对墙上的挂画赞不绝口。男孩儿始终安静地坐在一旁，他在急切地等待着

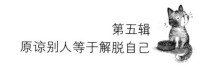

晚宴的开始。

女佣有些不安。到处都是客人，她的儿子无处可藏。她不想让儿子破坏聚会的快乐气氛，更不想让年幼的儿子知道主人和佣人的区别，富有和贫穷的区别。后来她把儿子叫出书房，并将他关进主人的洗手间。主人的豪宅有两个洗手间，一个主人用，一个客人用。她看看儿子，指指洗手间里的马桶。"这是单独给你准备的房间，"她说，"这是一个凳子。"然后她再指指大理石的洗漱台，说："这是一张桌子。"她从怀里掏出两根香肠，放进一个盘子里，说："这是属于你的，现在晚宴开始了。"

盘子是从主人的厨房里拿来的，香肠是她在回家的路上买的。她已经很久没有给自己的儿子买过香肠。女佣说这些时，努力抑制着泪水。没办法，主人的洗手间是房子里唯一安静的地方。

男孩儿在贫困中长大，他从没见过这么豪华的房子，更没有见过洗手间，他不认识抽水马桶，不认识漂亮的大理石洗漱台。他闻着洗涤液和香皂的淡淡香气，幸福得不能自拔。他坐在地上，将盘子放在马桶盖上。他盯着盘子里的香肠和面包，为自己唱起快乐的歌。

晚宴开始的时候，主人突然想起女佣的儿子。他去厨房问女佣，女佣说她也不知道，也许是跑出去玩了吧。主人看女佣躲闪着目光，就在房子里静静地寻找。他终于循着歌声找到了洗手间里的男孩儿。那时，男孩儿正将一块香肠放进嘴里。他愣住了，他问："你躲在这里干什么？"男孩儿说："我是来这里参加晚宴的，现在我正在吃晚餐。"他问："你知道你是在什么地方吗？"男孩儿说："我当然知道，这是晚宴的主人单独为我准备的房间。"他说："是你妈妈这样告诉你的吧？""是……其实不用妈妈说，我也知道。晚宴的主人一定会为我准备最好的房间。不过，"男孩儿指了指盘子里的香肠，说，"我希望能有个人陪我吃这些东西。"

主人的鼻子有些发酸。用不着再问，他已经明白了眼前的一切。他默默走回餐桌前，对所有的客人说："对不起，今天我不能陪你们共进晚餐了，

我得陪一位特殊的客人。"然后，他从餐桌上端走两个盘子，来到洗手间的门口，礼貌地敲门。得到男孩儿的允许后，他推开门，把两个盘子放到马桶盖上。他说："这么好的房间，当然不能让你一个人独享……我们将一起共进晚餐。"

那天，他和男孩儿聊了很多。他让男孩儿坚信洗手间是整栋房子里最好的房间。他们在洗手间里吃了很多东西，唱了很多歌。不断有客人敲门进来，他们向主人和男孩儿问好，他们递给男孩儿美味的苹果汁和烤成金黄的鸡翅。他们露出夸张和羡慕的表情。后来，他们干脆一起挤到小小的洗手间里，给男孩儿唱起了歌。每个人都很认真，没有一个人认为这是一场闹剧。

多年后，男孩儿长大了。他有了自己的公司，有了带两个洗手间的房子。他步入上流社会，成为富人。每年他都要拿出很大一笔钱救助一些穷人，可是他从不举行捐赠仪式，更不让那些穷人知道他的名字。有朋友问及理由，他说："我始终记得多年前，有一天，有一位富人，有很多人，小心地维系了一个四岁男孩儿的自尊。"

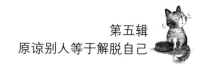

心中的香格里拉

凉月满天

　　一场意外的车祸带走了季玲可爱的儿子，也粉碎了她幸福美满的家。她仇恨，因为肇事者没有停车抢救孩子，而是逃之夭夭。她不停地起诉，意图为子报仇；丈夫被忽略，家庭生活变得压抑而灰暗，一切都无可挽回，让人绝望。

　　然后，她无意中在儿子房间里找到一张寻宝游戏的纸条，她边哭边笑：因为这是儿子生前最爱和她玩的游戏——纸条直指云南香格里拉的圣山。

　　就这样，她独自出发去了香格里拉，然后，意外跌落到云雾笼罩的悬崖下面。等她醒来，却发现自己到了一片宁静、安谧的天地，这里绿草茵茵，牛羊成群，洁白的圣山映着蓝天，如梦如幻。一个小男孩儿，有着棕红的小脸蛋，一身朴素的藏民装扮，带她骑马，听她唱歌，看她流泪，然后给她宽慰。最后，小男孩儿说："走，我带你去看我的宝藏。"当她跟着他到达圣山脚下，抬头仰望，却看见山顶上有一个穿藏袍的小女孩儿，逆光而立，宛似仙女。

　　她不明其意，笑着调侃："你的小女朋友？"

　　小男孩儿严肃地摇摇头："不，她是我的爱人。"

　　"你很爱她？"

　　"是的。"

　　"这就是你的宝藏？"

　　"是的。"

但是，小男孩儿痛苦地说："我的爱人等着我，我却走不了，我很辛苦。"她诧异地低下头，却看见小男孩儿的脚踝上不知道什么时候，竟然捆绑上了粗粗的铁链。她心疼地蹲下身去解，小男孩儿竟然深情地抚摸着她的头发，叫她"妈咪"。

原来，这就是她深爱的儿子，因为她不停地牵念，使得他无法脱身奔向自己的世界，很辛苦地恋栈在她的身边，用忧伤的眼睛关注着她，听她在一群藏民热情的邀约下唱儿歌："两只老虎，两只老虎，跑得快，跑得快，一只没有耳朵，一只没有尾巴，真奇怪，真奇怪。"

季玲泪流满面，给儿子解开缠脚的铁链，放他轻身飞去，同时自己也解开了缠绕在心上的爱与恨，苦与痛。

其实，这一切不过是她跌下悬崖后，昏迷时的幻觉。醒过来看到的，是医院的病房，以及陪伴在她身边的丈夫，正对她深情凝望——原来放走了爱，爱还在。

那么，放走恨呢？

她终于撤销起诉，然后在那个已经得了绝症，行将去世的"凶手"面前，听他忏悔"对不起"三个字，重逾千钧。

她把孩子的小房间彻底整理，该洗的洗，该换的换，儿子照片前飘摇的白蜡烛也拿走，然后从枕套里抖出一本书，一帧帧的画全都是香格里拉的神山，其中一页夹着孩子从妈妈脚上拿下来的脚链，还有一张字条，上面写着："妈妈，找到了。"

找到了什么？

一番艰辛苦痛，找到的是生命的真谛：解开以爱的名义捆缚亲人的铁链，自己的生命也会在受伤后尽快复原；宽恕别人犯下的罪，自己的心灵也会变得地阔天宽。这，大概就是这部叫作《这儿是香格里拉》的电影的真义吧。

美好的香格里拉啊，它不在南，不在北，不在西，不在东，它只存在于我们的心中。

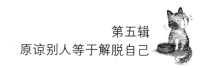

新的梦想

鲁先圣

电台的心理热线主持人介绍一个抑郁症患者到我这里来。这是一个中年人。当我听了他的情况之后，我十分惊诧：患者在一个事业单位有稳定的职业，有两个漂亮的女儿，妻子是一个医院的护士。这样的家庭应该是多么幸福的家庭，他每天都应该生活在快乐之中啊！

他坐在我的面前，神情呆滞而忧郁。我说："你有一个很幸福的家庭和满意的职业，你为什么还不快乐呢？"

他说："我的梦想全部破灭了，我目前所有的一切都不是我要的，我努力了半生，全部白费了，人生还有什么意思呢？"他一连串说出了那么多，像是谁欠下他很多。

"你的梦想是什么呢？"我不解地问他。

他的表情立刻严肃起来，他说："我青年时候就确定了自己必须完成的梦想，我要做一个事业有成的实业家，改变我们家族世代穷困的历史；我要娶一个漂亮贤惠、身材高挑的太太，生两个健壮的儿子，长大以后，一个继承我的事业，一个去做官员，再也不受人的欺负！"

"可是，"他说，"这一切都化作泡影了。我阴差阳错地去了一个没有什么前途的事业单位混饭吃，纯粹是个鸡肋，食之无味、弃之可惜。妻子虽然长的模样还可以，但是个子不高，又很胖，带不出门。更不要说孩子了，两个女儿，怎么与儿子相比呢？儿子可以继承家业，女儿长大嫁出去就完了。

我的人生还有什么意思呢？一切都与我当初的梦想背道而驰啊！"

我终于明白，这个人，就是因为终日沉浸在往日的那个不切实际的梦想当中不能自拔，就渐渐陷入抑郁的情绪当中了。这并不奇怪，不论是谁，如果给自己制定一个根本不可能实现的梦想，每天把自己置于那个实现不了的梦境中，也肯定会终日抑郁的。

尽管他一口气说了很多，说完了，但是他的表达似乎还没有停止。他的口里还是不停地嘟囔着："完了，全完了，一切都完了。"

我望着这个无病呻吟的男人，从内心深处充满了鄙视和同情：一个多么狭隘而自私的人！一个从来不知道调整人生方向的人！一个不切实际的人！一个贪得无厌的人！

我告诉他："你的苦恼都是因为你当年的那个梦想而来，既然你实现不了那个梦想，你为什么不尝试着改变你的梦想呢？"

"改变梦想，怎么改变？"他不解地望着我。

我说："从今天起，你把你的梦想调整，你新的梦想是：有一个稳定的职业，有一个普通而贤惠的妻子，有一对可爱的女儿。你原来的那个梦想是骗人的把戏，这个梦想才是实在的。你彻底忘记过去的那个梦想，树立新的梦想，然后再来找我吧。"

"调整梦想？"他自言自语地嘟囔着走了。

不久，他再次来到了我的面前，此刻，我面前的人已经丝毫没有了那种颓废和抑郁，完全是一个满面春风的人了。

他告诉我："回到家里，看到正在房间里忙碌着的妻子，看到面若桃花的一双女儿，突然间想，按照您告诉我的新梦想，我的梦想都已经实现，我是一个多么幸福的人啊！"

不久，主持人告诉我，他把这个故事放在电台播出之后，很多听众也为自己迷惘的人生找到了出口。他们说，他们也为自己的人生重新确立了新的梦想，而有了新的梦想之后，他们发现，自己的世界一下子完全改变了。

一次高尚的作弊

余显斌

1537 年，即嘉靖十六年，湖北武昌举行乡试。乡试时，一个学子的成绩，给几个主考带来了艰难的抉择，让他们费尽脑子。

这个考生的试卷交上去，主考们一看，华彩满篇，见解新颖，让人读了，拍案叫绝。

翻开考生履历，考生竟然只有十三岁。

十三岁的孩子，文章如此通达，见解如此犀利，这是大明立国二百多年来不曾有过的，是神童啊！正主考顾璘手拿考卷，捋着胡须赞叹不已："小小年纪，见解不俗，是国之大器，不可多得啊！"

副主考陈束见了，也连连称叹。

朝廷派来监督招考的赵御史，看完试卷，也深有同感。

可是，接下来顾璘的一句话，却让其他两人大惊失色。顾璘考虑再三，告诉两人，这个考生，绝对不能录取。其他两人张着嘴，互望一眼，什么意思？这样的人不录取，准备录取谁啊？刚才，不是你老顾第一个交口称赞的吗？想罢，两人几乎异口同声地问道："为什么？"顾璘分析道："这孩子太年轻了，才十三岁，不能让他路途太顺了，要磨炼磨炼他。"

赵御史担心，如果不录取，这个考生会不会泄气。

顾璘摇着头道："如果真那样，不录也不算什么损失。"

陈束更是不同意，当时考试制度特严，如果出现故意打压考生的事，一旦被朝廷闻知，轻则罢官，重则砍头，这个风险担得也实在太大了。顾璘听

了陈束的担忧，安慰说："你不说，我不说，朝廷焉能知道？"

赵御史再次看看试卷，咬咬牙，点头应允，为国育才，担当风险，值得！

可是，陈束仍没被说服，担当风险，是他一个借口罢了。他内心之所以犹豫，仍是面对这份试卷，这是一份多好的试卷啊！这个考生该是一个多么才华出众的考生啊！在自己手中被放弃，舍不得。

但是，理智告诉他，大才须得磨砺，太顺易折，不利孩子。

最终，理智战胜感情，他点头同意了。

三个考官躲在密室里嘀嘀咕咕，最终，齐心协力作了一次弊。

这个考生带着笔砚回去了：他落榜了。

三个主考官一起保守着这个秘密，默望着这个十三岁的少年远去的背影，一直等到孤帆远影走向天边，他们的心里沉甸甸的，怕这个孩子从此放弃；怕他禁不住打击；怕因为他们的一个决定，耽误一个大材。带着一种焦灼的心情，带着一个不为人知的秘密，他们苦苦等待着，等待着三年一次的乡试。仿佛一个约定，三年后，三人一齐要求，再次主持湖北乡试。

他们风尘仆仆，赶到武昌。

那个孩子车船劳顿，也来到武昌。

他已经十六岁了，已经长成大人了。

失败后的三年里，他显然没有放弃，没有颓废，只是脸上少了当年少年的高傲，还有目空一切，多了的是自信，是成熟。

考试之后，试卷收起来，在三个考官手中传看着。三人热泪盈眶，三年的煎熬，三年的盼望，他们没有失望，他们知道，他们当初的选择是正确的。他们面前，那份试卷里的见解更加老成，十六岁少年的洞察力和分析力，更非常人可及。

他被录取了。

他没有辜负三人的希望，因为，他叫张居正；因为，他推行了一次极为成功的改革，被誉为大明三百年来第一宰相。

他的成功，后面有三双手托起。

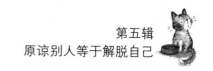

真正的清高不是离尘出世

凉月满天

一个刚毕业的大学生向我抱怨周遭的人群："他听莫扎特，大家听周杰伦；他读莎士比亚，大家读郭敬明。我不嫌他们浅薄就算了，为什么他们要嫌我清高？"

我很同情他。这种特立独行的做法就像冰块浸在冷水里，边缘锋锐，既然不肯在现实社会中模糊和钝化，其结果就是刺痛别人，肯定会招致疯狂的围剿。所以我的建议是："为了易于生存，要学会和光同尘。"

话刚出口，我发现自己也错了，居然把"清高"和"凡尘"对立起来。

每个人都是在人世独自漂流的孩子，身世样貌无法选择，能被允许的选择都只能在夹缝里悄悄进行，包括你成为什么样的人，拥有何等的幸福。现实强悍，逼人就范，大部分人活到后来，好像心里的话，一生都没有一刻能够说出来，而漫漫余生中有关生活的鸡毛蒜皮，又说与不说无关紧要。内心孤独无依，却要凭着自我牺牲般的意志来自毁，变得和大家一样，成为面目模糊的一群。也唯其如此，才显出"选择"的不屈与珍贵。

于是有的人对人生信条一味坚持，可惜现实不容许，只落得被逼绝地，满腔血泪；大部分人像墙头草随风摆，遇泥同泥，遇滓变滓，穿着红舞鞋周旋在舞台，在世路的春风中如奶油般化去；但是也有一种人，凡尘是前庭，清高是后院，人前享受人前的乐趣，人后享受人后的日子。我认识一位老先生，胖胖的身材，红红的鼻头，安分豁达，随分从时，凭平生所学在我们这个小

173

城里免费办起国学班，开班授课，一文不取。但是有一次，本省广播电台想请他做节目，他却毫不犹豫地拒绝："我讲课只是为了传承文脉，不是为了给自己脸上贴金。所以，恕我不能从命也。"后面这句是用京剧念白说出来的，逗人乐的同时，听出真正的清高来。人前通透，人后坚执，这样的人才是和光同尘的清贵君子。

这样的人对世界充满理解和悲悯，愿意俯首走进别人的内心，于是人们称他为圣。其实何曾是圣呢？不过是跨越万水千山的行者，终于找到了自己；找到了自己的人，不惮于在思想的路上行走，在各色人等中间跋涉，在古典与现代之间切换，在花与草、麦与稻之间流连，于是，人们又称他是智者。其实何曾是智者呢？不过是踏倒藩篱，立足大地的参孙。世界太宽广，人生太狭窄，筚路蓝缕，要做的，不过是让自己活得更开放些。

但是我们平时对"清高"却多有误解，于是直接导致生活方式的狭隘，也使生命越活越狭窄。一生固守一种单一的生活模式，就像圈起一堵墙，视线所及，不过是自家后院那一点假山池沼，看不见外面的世界松涛拍岸。所谓"白天不懂夜的黑"，非不能也，实不为也。

12世纪，廓庵禅师著了一本名为《十牛图》的书，形象地展现了由修行到顿悟的体悟过程：

第一步，寻求业已失散的心牛，也就是真实的自己。第二步，发现了心牛的足迹。不过在这一阶段还无法弄清牛是白还是黑。第三步，终于看到了真正的牛。风和日丽，杨柳青青；岸边有一头高大的牛，牛角高耸。第四步，紧紧把住缰绳，牵着它的鼻子，把它拉到身边。第五步，把好鞭索，加以管束，不让牛在尘世纷迷之中再次跑掉。第六步，干戈已罢，短笛横吹，自有牛儿载着你回家。第七步，骑牛回家后，牛已不现，主人高枕而卧，室外日已三竿，人的本来面目尽现。第八步，鞭、索、人、牛，一切都不挂在心上，你就是那无边无际的宇宙，你获得的是大自由。第九步，水绿山青，超然物外，居无为中而有为，做真正的主人翁。第十步，也是最重要的一步，入廛垂手，

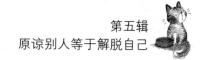

和光同尘，即进入市街上的酒屋鱼肆中，谦逊地为众生说法。这才是真正的作为，禅的绝对意义也就在于此。

所以清高和和光同尘是一回事。如果说清高是对生命信条的执着与坚持，和光同尘也并非在浊世中软弱妥协和隐藏自己，而是要和大家于尘土中一起向着光明去。竹密无妨流水过，山高不碍白云飞，人生长途，如帛如布，用"和光同尘"打底，才能绣出真正的"清高"来。

原谅别人等于解脱自己

周海亮

我的一位朋友，这么多年来，一直生活在愤怒、沮丧、仇恨和痛苦之中。

其实只是一件很小的事情。朋友和他的同学一起大学毕业，一起去一个公司试用。他们是无话不谈的哥们，这之前，亲如兄弟。

他们一起拜访了一位大客户，几乎谈成一单大生意。已经有了初步的意向，只等第二天签合同。朋友和他的同学非常兴奋，在宿舍里喝酒庆祝。结果朋友酩酊大醉，一直睡到第二天凌晨。醒来后，发现他的同学不见了。等去了公司才知道，他的同学竟趁他烂醉如泥的时候，再一次拜访了那位客户，并提前签成那单生意。当然，所有的功劳都成了同学一个人的。

朋友找他算账。对方辩解说，喝完酒，心里不踏实，所以打算连夜将那个合同搞定。想和他一起去，可直叫了他半个小时，也没能把他叫醒。朋友当然不信，和他争吵。可是有什么用呢？因为那单大生意，朋友的同学升了职，并一直做到部门经理；而我的朋友，在很长一段时间里，一直是公司的一个小业务员。

朋友接受了事实，继续埋头苦干，也谈成几单重要的生意，一年后也升了职。可他就是不能原谅那位同学，他和同学彻底绝交，拒绝去一切有他那位同学的场合。他告诉我，只要看到那张脸，他就愤怒到几乎无法自控，恨不得冲上前去，将那张脸砸扁。

他说，他什么都可以宽容，但就是不能够宽容卑鄙；他谁都可以原谅，

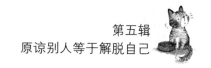

就是不能够原谅这位同学。

其实朋友的同学多次找到他，给他道歉，说那时候刚毕业，还小，不懂事，请求他的原谅，并愿意把他调到身边，给他升职。可是我的朋友，对同学的道歉却是置之不理。他说："为什么要原谅他？错误是他犯下的，他理应为自己的错误付出代价。这个代价，就是不理他，就是老死不相往来，就是一辈子刻骨的仇恨。"

可是我的朋友并不快乐，尽管他也升到了部门经理。可是同在一个公司，哪怕再小心翼翼，也难免会不期而遇。每到这时，朋友就会扭了头，脸色铁青，哪怕一秒钟前他还在捧腹大笑。

朋友说他很难受。本来，犯错的是他的同学，要受到心灵罚款的，也应该是那位同学。怎么到最后竟成了他自己？并且一直持续了好几年？

我告诉他："因为你有了太多的恨——如果这也叫'恨'的话。如果一个人对另一个人有了仇恨，而这个人就在你身边，那么，你就会不快乐，就会陷入到无休无止的愤怒、沮丧、痛苦和焦虑之中。"

"那我怎么办？"朋友说，"要我原谅他？"

"为什么不能呢？"我说，"虽然他曾经对你做过很过分的事，但这件事，并非大到不能够原谅的程度。那么，你完全可以试试原谅他。你原谅他了，就不必天天记恨着他曾经伤害过你，就不必刻意去回避他，他就不再是你的敌人。事实上，这几年来，你一直在放大一种仇恨，而当一种仇恨在心中被无限放大，便变得根深蒂固起来。你想，心中被仇恨占满了，快乐放在哪里呢？你原谅他曾经的过错，其实对于你，也是一种解脱。"

虽然朋友对我的话抱着一种怀疑的态度，但他还是在第二天，试着跟他的那位同学交流了一下。结果，多年的积怨一扫而光，他们再次成了朋友。因为不必刻意回避一位同事，所以朋友的业务做得一帆风顺，并再次升了职。

朋友说，也许我的话是正确的。因为他的那位同学，好像并不像他一直想的那样卑鄙。几年前，也许的确是因为他喝多了，也许的确是因为他的同

学年少无知，但不管如何，他决定原谅他。他说，他的目的并不高尚——原谅了他，就等于解脱了自己。为什么不呢？

是的。原谅了别人，就等于解脱了自己。为什么不呢？

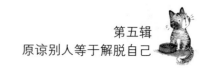

以委婉的方式拒客

程应峰

居家生活或忙于公务，有时候也想静一静，不想被别人打扰。而生硬的拒绝常常会在有形无形之间，影响自身的公众形象或好不容易建立起来的人际关系，要巧妙而有效地达到拒客目的，常需以委婉的方式或佐以幽默的原料。

我有一位朋友，他曾告诉我一个拒客的秘方：在家接待来客时，一听到敲门声，便立马拿起夹包，然后再去开门。若见到的人是来闲谈的人或不想见的人，就说："您看，真不巧，我正要出门。"若来人是必须接待的客人，他会说："您来得正是时候，您看，我刚从外面回来呢。"这位朋友这样做，做得不动声色，做得恰到好处，做得让人可以正视和接受，这样的拒客方式，其效果当然是温婉的、明显的。

大千世界，纷繁复杂，常人的拒客方式，各有妙法，各有各的招数。名人呢，名人的拒客当然更是引人注目，一不小心，处理得不当，就会影响其公众形象。美国开国总统林肯入主白宫后，上门求职者让他平添了无尽的烦恼。有个女人要求林肯授予她儿子上校军衔，并陈述了她一家几代为国家做出贡献的历史。林肯听后，委婉而庄重地对她说："夫人，您一家几代为国家做出了很多贡献，确实不容易。现在呢，该给别人一些机会了，你看行吗？"还有一位来自林肯家乡的人想谋取一个职位，总是以各种因由造访林肯，林肯碍于脸面，不能不接待。林肯的时间很宝贵，到后来，他都有些不堪忍受了，但他一直没有表露出半点不满。后来有一次，林肯注意到那位来访者头秃得

厉害，便有了一个绝妙的拒客的主意，他从柜子中拿出一个瓶子，对他说："你有没有试过这种生发的玩意儿啊？"那人说："总统先生，我从来没有试过。"林肯诚恳地说："这玩意儿听说挺管用的，我送你一瓶，你试一试吧，当然你得坚持擦下去，一定要坚持擦一年再来，它的疗效如何，你一定要通过详尽的记录来告诉我。"

我国国学大师钱钟书先生，是个深居简出，极不愿意被媒体宣传炒作的人。有一次，一位英国女记者想采访这位大学问家，便打电话求见钱钟书先生。钱钟书先生在电话中婉言说道："假如你吃了个鸡蛋觉得味道不错，也就行了，何必要认识那只下蛋的老母鸡呢？"后来，这位女记者还是通过他人的引见找上门来。钱钟书先生风趣地说："引蛇出洞行不通，来了个瓮中捉鳖啊！"说笑之间，他还是大方得体地接待了这位女记者。

被誉为有硬骨头精神，令人仰慕的大文豪鲁迅先生，在为人处世方面却是率性敏感不易接近。一次，鲁迅不愿见的某人上门求见，鲁迅让佣人告诉来人自己不在。孰料来人胸有成竹地声称，自己是见了鲁迅回家后才敲门的。鲁迅听佣人回复后大为不快，皱着眉头说："你去告诉他，说不在是对他客气，不要自找难堪！"那人只好怏怏而去。鲁迅就是这样，看不起谁就直接说出来，不愿意将时间耗费在无谓的周旋上。当然，鲁迅这种拒客态度，要是碰上率性要见他的人，也有徒唤奈何的时候。海婴在《我与鲁迅七十年》一书中这样回忆：一次鲁迅卧病在床，来了一个青年人。佣人开门，告诉他主人身体不好，不能见客。青年二话不说，转身就走。过一会儿，又响起了敲门声，佣人开门，还是那个青年。他招呼也不打，径直穿堂而行，固执地来到了鲁迅床边。什么话也没说，在床头放下鲜花，转身出门，下楼去了。鲁迅一言不发，静静地望着他离去的背影，有几分惆怅和失落。这个率性的青年就是颇受鲁迅看重和推崇，并屡屡为之介绍报纸发表文章的青年才俊徐梵澄。

同是拒绝，因为方式不同，其效果常常大不一样。有的让被拒者皱眉，愤懑不平，甚至在背后说长道短；有的却能让被拒者会心一笑，心态平和。

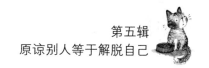

一元钱的尊重

周礼

那天，我和老总去外地出差，由于天气原因，飞机出现了晚点。我们在休息区内等了将近一个小时，但依然不见那架飞机的影子，我忍不住抱怨起来。老总倒是看得很开，他安慰我说："放松些，你着急也没用，就当是休息吧，咱们难得有这么空闲的时间。"

我听后不再作声，索性观察起周围的人群。老总的旁边坐着一位六十多岁的老太太，头发花白，衣着朴素，脚边放着一个过时的旅行包，一看就是从乡下来的。不知道是因为第一次坐飞机感到紧张，还是因为有什么别的急事，她显得焦躁不安，一会儿坐下，一会儿又站起；一会儿看看钟，一会儿又瞧瞧我们。她的嘴角牵动了数次，但始终没有说出口。

老总似乎意识到了老太太的不寻常举动，他亲切地对她说："老人家，我能为你做点什么吗？"看得出来，老太太可能遇到了什么麻烦事，但她好像不太信任我们，防备心理很严重。她看了老总一眼，摇摇头说："谢谢！我没什么事。"

过了一会儿，老太太显得更加焦躁起来，老总再次对她说："老人家，我们都是乘客，大家出门在外，难免会遇到一些困难，你有什么事，请尽管开口，我们一定尽力而为。"老太太见老总如此诚恳，又看我们的穿着打扮确实不像坏人，于是她不好意思地对老总说："你能帮我照看一下行李吗？水喝多了，想去一下卫生间。"

老总非常乐意地说："当然可以，反正我们也要等飞机，您放心吧，您没回来前，我们绝不离开。"老太太半信半疑地离开了，不过她仍不时地回头看看。这一切都被老总瞧在眼里，但他没有丝毫介意，毕竟大家互不相识，这种心情能够理解。

不久，老太太回到座位上，一脸轻松的样子。然而，让我万万没想到的是，她竟然掏出一元钱递给老总说："年轻人，谢谢你帮我看包，这是给你的报酬。"那一瞬间，我惊愕得说不出话来，以老总的身价，别说一元钱，就是一箱钱，他也不会动心。

显然，老总也没料到这样的场景，他愣了一下，本来想找个理由推辞，但看老太太一脸的真诚和认真，他只好接过钱，感激地说："谢谢！我真幸运。"老太太露出了满意的微笑，她说，女儿在上海工作，她过去看看，顺便带了些家乡的土特产。

事后，我问老总："为什么你会接受老太太的一元钱呢？"老总淡淡地说："虽然一元钱微不足道，连一瓶饮料都买不到，但它是老人的一片心意，我接受它，也是对老人的一种尊重，尊重是无价的。"

原来，在老人的眼里，她与老总是平等的，你给我看了包，我就得向你支付报酬。而在老总的眼里，老人是一位需要帮助的长者，尽管她的身份十分卑微，但她的真诚不卑微，她的微笑不卑微，接受也是一种美德。顿时，我明白了，为什么老总事业那么成功，为什么他在业界有那么高的威望，因为他尊重身边的每一个人，哪怕是一个乡下老太太，一位不起眼的清洁工。

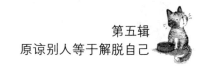

一枚鸡蛋换来百万善款

王风英

前些日子，墨尔本的三位青年，用一枚鸡蛋为慈善机构换来百万善款的故事，在网上广为流传。为此，很多人感到不可思议。那么，让我们不妨一起走近他们。

那还是去年的时候，在澳大利亚的墨尔本地区，一些爱心人士组织了一次赴非洲看望贫困儿童的活动。作为志愿者，墨尔本二十六岁的青年凯瑞和他二十四岁的好朋友俊楠、承恩，也一同报名前往。

虽然来非洲之前，凯瑞他们早就设想了种种贫穷的画面，但眼前的一幕还是令他们感到震撼。到处是低矮的茅房、饥饿的人民，尤其那些骨瘦如柴的孩子，深深刺痛了他们的双眼。当他们问起那些孩子最大的梦想是什么，孩子们的回答不是去上学，而只是希望能够饱餐一顿。面对那些可怜的孩子，他们的内心充满了疼痛。临别时，他们对那些孩子说："等着我们，我们一定会回来帮助你们的。"是的，他们多希望通过自己的行动，尽可能多地去资助那些孩子们，尽力地改变孩子们的生活。

可是，他们既不是富二代，也不是成功人士，他们只不过是几个刚刚走向社会的青年，怎样才能去改变孩子们的命运呢？三个人为此一直很纠结。一天，凯瑞正在家里上网，突然，一则报道不禁让他眼睛一亮。原来，这篇报道写的是：美国青年凯尔·麦克唐纳因长期资助孤寡老人，而买不起房子，便富有创意地想到原始居民的物物交换。从最初一枚曲别针，到换回一支鱼

形笔，再把笔换成小艺术品……随着物品的变化，麦克唐纳通过互联网，最终，他没花一分钱，便换回一套漂亮的双层公寓！

就是这件事让凯瑞深受启发，既然美国青年可以用一枚红色曲别针换回一幢房子，而我们为何不用一枚鸡蛋来进行"升值换物"？说不定我们也能换来百万善款。想到这里，凯瑞立刻打电话将这个创意告诉了另外两个好友俊楠和承恩，两个人听后也是分外激动，于是，三个人一拍即合，立即在物品交换网站发布了自己的商品广告，然后等待买家与他们接洽。

广告一经发出，立刻引来了许多人的围观。起初，人们只是看热闹，可是，当他们得知三个青年在为非洲儿童集善款时，很多人便开始踊跃参与。凯瑞他们先是从一个中学生的手里换来一张廉价的 CD，之后又从一位老伯的手里换回一张棋盘，接着又从一位男士的手里换回一辆老旧的丰田汽车，三个人将这辆汽车拉到了一个废车场，卖了五百元。随后，他们用这笔钱买了一把有爵士签名的板球拍，这个拍子则换回了美国电影明星摩根·弗里曼的签名肖像照，而肖像照很快就变成了包往返机票去亚洲旅游的机会。如此的"升值换物"，让这枚只值四十分的鸡蛋在十三次的交易过程中身价倍增，达到四万元的高位。

真是意想不到，三位好朋友的一个创意目标，却产生了如此巨大的回响，甚至连英国的亿万富翁布兰森爵士也被它所吸引。通过他的营销团队，凯瑞他们经过与布兰森爵士的私人秘书联系，最终换取了一张维珍 Galactic 航天飞船机票。而如今，历经几百次的交易，凯瑞他们已经成功筹集了一百多万元的善款。而此时的他们更是信守承诺，再次飞赴非洲，将善款平分给环保慈善机构、第三世界健康中心提供者和儿童贫困团体三家机构，最终完成他们美好的心愿。

用小物品换来大回报，看起来像个传奇故事。其实不然，说到底，如果没有凯瑞他们的善举做前提，也不会引来那么多人的关注，更不会引来那么多人的参与。社会本就是一个大家庭，我为人人，人人为我。我为人人，像一束火苗，因为有爱的浸润，就会照亮"人人为我"的温暖天堂。

第六辑
一路向善

　　太早成功，有时候是上帝的陷阱，如同瓷器的人为开片。自然的开片，经过烈火的洗礼，日月的磨砺，锻造出卓越的品格，才是踏踏实实走向成熟的必经之路。

相由心生

邹凡丽

朋友的父亲，人称"神算"。有人给这位朋友介绍了女朋友，他那"神算"父亲见过几次之后极力反对。老人说："女孩儿长得漂亮，但是面容不善。"后来朋友与女友分手，女孩儿果真厉害，朋友不是她的对手。

为什么能未卜先知？朋友一语道破天机："是他的观察能力和推理能力比我们略高一筹。比如一个身体健康、身心愉悦的人，通常会红光满面、神采奕奕；一个人体弱多病，通常会有气无力，印堂灰暗；一个人活得不顺心，则脸上自会愁云密布、眉头紧锁。"

一个人，先天的相貌是父母给的，后天的相貌是自己修的。相貌不仅仅指表面的容颜，更多的是指神态、气质、举止等等。

表情是片刻的面貌，面貌是凝固了的表情。你的心理状况怎么样，脸上就会有什么表情。经常小偷小摸，习惯性的表情是贼眉鼠眼，长此以往，成了一副鬼祟相；经常怒气冲天，立眉瞪眼，长此以往，就成了一副凶神恶煞相；宅心仁厚，从不与人计较，自会生成一副宽厚温润之相；心态平和，乐观和善，当然生得慈眉善目。

早前听说过一个故事。一位名画家想画一张圣人耶稣。画耶稣，就得找一个最善良、最纯洁的人来做模特儿。谁是最纯洁最善良的人呢？人们告诉他，修道院里有一位修士，最纯洁，最善良。名画家请那位修士做模特儿，并付了修士一大笔钱。十年后，画家要画出卖耶稣的犹太人，他在街上寻找了很

久很久，终于看到一个最难看、最凶残、最可怕的人。他请这个人做模特儿，画着画着，这模特儿突然大哭起来："画家先生，你以前画的那个圣人就是我呀！我得了你的酬金之后，再也无心修道，一味吃喝享乐。后来钱花光了，只好去偷，去抢，去骗……"

请别错怪时光改人容颜，我们自己才是那个化妆师。我们经过了什么，一五一十全写在脸上。以为时间逝去了，其实时间只是转过身来，躲在我们的心里，一点一点雕刻我们的面貌。

一颗阴暗的心托不起一张灿烂的脸，一张笑意盈盈的脸会让烦恼烟消云散。古人云：君子坦荡荡，小人长戚戚。君子心胸开朗，思想上坦率洁净，外貌动作也坦坦荡荡，大气淡定；小人心里欲念太多，心理负担很重，动作也显得忐忑不安，所以常常是猥琐不堪的样子。

一个人要想拥有庄严美丽的外貌，那就修身养性吧。因为，相由心生，境由心转。

一座城市圆一个孩子的梦

石兵

2013 年 11 月 15 日清晨，美国旧金山的一所普通公寓里，五岁小男孩儿迈尔斯·斯科特接到了一个紧急电话，电话是旧金山市警察局长格雷格·苏尔打来的，他焦急地对斯科特说："亲爱的蝙蝠侠，我们需要你的帮助，罪恶的敌人'谜语客'和'企鹅'正准备在城市中实施犯罪，你快去阻止他们吧！"

放下电话，斯科特立刻换上了他的装备，他戴上蝙蝠头盔，穿上蝙蝠盔甲和护臂手套，蹬上蝙蝠靴，威风凛凛地出了家门，此时，著名杂技演员埃里克·约翰斯顿装扮的成人蝙蝠侠正驾驶着蝙蝠战车在门前等候着他，斯科特坐上战车，飞速赶往诺布山缆车轨道，据说这里有一名少女被歹徒绑架了。10 点 30 分，斯科特赶到了目的地，他很快就发现了被绑架的少女，但奇怪的是，这里并没有发现歹徒的踪影。此时，旁边的成人蝙蝠侠告诉他，狡猾的歹徒"谜语客"用的是声东击西的办法，他将小蝙蝠侠引到这里，是为了在半小时后抢劫蒙哥马利大街的一家银行。

斯科特恍然大悟，他救下被绑的少女后，立刻赶往蒙哥马利大街。一路上，他们的蝙蝠战车受到了市民的热烈欢迎，他们纷纷鼓掌或是鸣喇叭，向英雄致意，这让斯科特更加信心百倍。在赶到银行之后，他遇到了正准备实施抢劫的"谜语客"，斯科特用蝙蝠飞镖和蝙蝠激光枪与"谜语客"展开了激烈的战斗，最终，斯科特活捉了邪恶的"谜语客"，并把他交给了闻讯而来的警察。

完成正义的使命后已经是中午 12 点多了，斯科特来到联合广场的汉堡店点了一份午餐。他刚刚吃完，就又接到了苏尔局长打来的求救电话，原来，恐怖分子"企鹅"偷走了旧金山巨人队的吉祥物海豹卢，现在正向 AT ＆ T 公园广场潜逃。

斯科特立刻出发，下午 1 点，他到达了"企鹅"潜逃的 AT ＆ T 公园广场三街，在这里，他与"企鹅"发生了激烈的战斗，并一直追击到国王街，在国王街，他战胜了强大的"企鹅"，并营救回了海豹卢。此时已经是下午 1 点 30 分了，这时，旧金山市市长李孟贤给斯科特打来了电话，他说："亲爱的小蝙蝠侠，谢谢你为城市所做的贡献，你是我们的英雄，我荣幸地邀请您参加下午 2 点在市政厅举办的庆祝活动。"

下午 2 点，斯科特来到了旧金山市政厅，这里已经有数千名市民聚集等待，他的出现立刻获得了市民们的热烈欢迎，人们举着"蝙蝠侠童我爱你"的标语，欢迎着英雄的到来。在随后举行的市政厅会议上，市长李孟贤授予了斯科特"城市钥匙"勋章，并向他转达了总统奥巴马的赞赏与鼓励。

当天的《旧金山纪事报》也以《蝙蝠娃解救城市》为题对此事做了报道，斯科特在接受媒体采访时表示："我将保护旧金山的安全，对抗蝙蝠侠那些不共戴天的敌人，包括'谜语客'和'企鹅'，因为我是无敌的蝙蝠侠，我不会害怕任何困难，请相信我！"

此时，所有人的眼眶都潮湿了，也包括人群中斯科特的父母，他们不停地向所有人说着"谢谢"。

原来，这一切都是旧金山著名的慈善组织许愿基金会策划出来的，事实上，五岁的斯科特是一名白血病患者，他出生 18 个月便被确诊白血病，此后一直接受治疗，虽然一直被病痛折磨，但斯科特并没有沮丧悲观，相反，他乐观积极地面对着一切，成为旧金山市著名的"励志男孩"。2013 年 10 月，他刚刚拆除胸部一根药物插管，许愿基金会为了鼓舞他继续勇敢地面对未来，才积极协调，并与政府与数千民众达成一致，将旧金山市变成了电影中的"高

谭市"，这才让斯科特有了化身偶像"蝙蝠侠"的机会。

斯科特与病痛斗争的坚强和对生活的乐观也感动了无数人，旧金山市民希恩说："这是一个感人的故事，一座城市来圆一个小男孩儿的梦，这是值得的。我要告诉他，孩子，没有我们的许可，你绝不能死掉。"

一座城市倾力圆一个小男孩儿的梦，呈现的是整座城市的善良，传递的是关爱与鼓励的正能量，获取的则是令人心生暖意的感动。

巧克力子弹

石兵

　　七岁的迈尔斯是美国威斯康星州的一名小学生。跟所有同龄小男孩儿一样，迈尔斯疯狂喜爱着玩具枪，他收藏有一百多种玩具枪，其中不乏装有塑料子弹可以随意发射的仿真枪。在和小伙伴们玩打仗游戏时，迈尔斯常常带着好几把枪，在其他人已经弹尽粮绝之际，迈尔斯还是有着丰厚的储备，因此，他总会成为最终的胜利者。

　　一直以来，迈尔斯都以自己的玩具枪为骄傲，但是，这一切在 2012 年圣诞节时发生了改变，这一天，迈尔斯的父母发现，迈尔斯变得有些郁郁寡欢，他对父母精心挑选的圣诞礼物——一支精美的玩具枪毫无兴趣，不仅如此，他还把所有心爱的玩具枪都放入了贮藏室，再也不愿碰它们。迈尔斯的爸爸想逗一下迈尔斯，他拿着一把玩具枪躲在门后，在迈尔斯进门之后大吼了一声"不要动"，不料以前都是兴致勃勃的迈尔斯竟然被吓得呆住了，爸爸这才意识到迈尔斯一定是出了什么问题。

　　第二天，迈尔斯父母来到了学校，他们找到迈尔斯的老师兰金，终于了解到了真实情况。原来，就在不久前，迈尔斯的一位同班同学乔治不幸去世了。乔治在几个月前刚刚转学去了康涅狄格小学，作为乔治最好的朋友，迈尔斯曾经把自己最心爱的一把玩具枪送给了乔治，但是，就是 2012 年 12 月 14 日那场震惊世界的校园枪击惨案中，乔治不幸被凶手击中。据说在乔治去世后，父母整理他的遗物时，面对那些琳琅满目的玩具枪悲痛得泣不成声，他们将

那些玩具枪全部销毁，以表达他们对于枪支泛滥的抗议。

好朋友的去世让迈尔斯对那些制造罪恶的枪支产生了深深的怀疑与恐惧，特别是老师在课堂上对他们讲述了枪支的危险之后，懵懂的迈尔斯本能地对玩具枪也产生了排斥，所以，他不愿再玩打仗的游戏，也变得不再开朗。

兰金与迈尔斯的父母谈了很久，他说不仅仅是迈尔斯，很多小学生都产生了同样的问题，他很想找到一个合适的方法教给他们如何正确面对这件事，因为，孩子们的童年不应当如此沉重。

与兰金告别之后，迈尔斯父母回到了家，他们开始思考该如何解决迈尔斯心里的难题，突然，爸爸想起了迈尔斯最喜欢吃的巧克力，这几天，迈尔斯心情不好时就会吃两块巧克力。

这天，迈尔斯放学回家后，爸爸叫他一起制作巧克力。爸爸问迈尔斯："那些玩具枪的子弹为什么都找不到了？"

迈尔斯说："我讨厌它们，全都扔到垃圾桶了。"

爸爸笑了，说："可是，没有子弹，玩具枪就成了摆设，不如我们自己制作一种子弹吧，最好这种子弹不会让人疼，还能让人感到快乐！迈尔斯，你想想看，我们要做一种什么样的子弹呢？"

听了爸爸的话，迈尔斯点了点头，其实，他也很想再玩玩具枪，可是，用什么来制作子弹才能不那么可怕呢？他突然看到了面前的巧克力，顿时高兴得大叫起来："爸爸，巧克力，我们用巧克力做子弹吧！"

很快，一颗颗散发着甜香的巧克力子弹被制作出来，装入玩具枪之后，这些松软可口的子弹果然给迈尔斯带来了无限的快乐。

第二天，迈尔斯兴奋地将"巧克力子弹"告诉了老师兰金，兰金在课堂上表扬了迈尔斯，并建议他把这一想法写信寄给管理儿童事务的副总统拜登。当晚，迈尔斯便给拜登写信，告诉他自己的发明，他告诉副总统，如果用巧克力做子弹，这样"所有人就不会受伤了"。

2013年5月，迈尔斯收到了拜登的回信，副总统在信中写道："真抱歉

我过这么久才回复你的信，我真喜欢你的主意，如果大家的枪里射出的都是巧克力子弹，那不仅整个国家会更安全，人们也会更幸福。你是个好孩子。"

迈尔斯笑了，那一刻，他真的希望全世界的枪都装上巧克力子弹，这样，和平与快乐就会取代冷酷与悲伤，那才是一个最美好的世界。

一片夏日的草叶

张觅

沃尔特·惠特曼是美国浪漫主义最伟大的诗人，他于1819年出生于美国长岛一个海滨小村庄，父亲是个当地的农民。

惠特曼五岁那年全家迁移到布鲁克林。由于生活穷困，惠特曼只读了五年小学，十一岁就辍学了。他童年时期当过信差，学过排字，后来当过乡村教师，还进入报馆做过编辑。从小他就喜欢旅游以及欣赏大自然的美景，喜欢城市和大街小巷，喜欢歌剧、舞蹈、演讲，喜欢阅读荷马、希腊悲剧以及但丁、莎士比亚的作品，喜欢广泛地结交朋友。

阅历的丰富与经验的积累给他的诗歌创作提供了极好的素材。他从1839年起开始文学创作，写一些短诗，同时参加当地的政治活动。1842年，他担任《纽约曙光报》的编辑。1846年初，他又担任报刊《布鲁克林之鹰》的编辑，因在该报发表反对奴隶制度的文章，他于1848年1月被解职。1848年，西欧各国爆发革命后，对惠特曼影响很大。他在报纸上发表文章讴歌欧洲革命，并写了不少诗来表达自己的心境，其中包括《欧洲》《法兰西》《近代的岁月》等等。后来他还担任过《自由民报》的主编，但是终究因为政见不合，他于1850年脱离新闻界，重操他父亲的旧业——木匠和建筑师，并开始潜心进行自己的诗歌创作。

这期间，他创作了他的代表作诗集《草叶集》，并于1855年在纽约出版。这时的诗集只有十二首诗作，薄薄的一本。卷头有一幅惠特曼的铜版像。年

轻的惠特曼心不在焉地站在那里，对着镜头，斜戴着草帽，右手插在裤袋里，正如他这部诗集的风格一样：年轻，朝气蓬勃，粗犷野性，肆无忌惮，但充满力量。这部诗歌集多次再版后，到1882年时，已增加到三百七十二首。

诗集得名于这样的一句诗："哪里有土，哪里有水，哪里就长着草。"草叶是最平凡的事物，随处可见，但草叶也是最有生命力的东西，绿色，蓬勃，充满生机。惠特曼给自己诗集取名《草叶集》，实际上是赋予了很深的象征意义的。

《草叶集》的出版对美国文学影响巨大。惠特曼在诗集里创造了一种新型诗体：自由体诗。即不受格律、韵脚的限制和束缚，任由思想和语言自由自在地发挥。惠特曼一生热爱意大利歌剧、演讲和大海的滔滔浪声。西方学者指出，这是惠特曼诗歌音律的主要来源。这本诗集奠定了美国诗歌的基础，并从语言和题材上深刻地影响了20世纪的美国诗歌。

但这本后来获得巨大声誉的著作问世时居然招致了一片骂声，初版《草叶集》印了一千册，一本都没有卖掉，全送了人。只有爱默生给诗人寄来了一封热情洋溢的信，他赞扬道："它是美国至今所能贡献的最了不起的聪明才智的精华……伟大的力量总是使我们感到愉快的。我一向认为，我们似乎处于贫瘠枯竭的状态，好像过多的雕琢，或者过多的迂缓气质正把我们西方的智慧变得迟钝而平庸，《草叶集》正是我们所需要的。我为您的自由和勇敢的思想而高兴。"这让惠特曼大受鼓舞。爱默生是当时美国文坛的耆宿，素来有伯乐的美称，后来他与惠特曼的交往成了美国文学史上的一段佳话。1856年9月增订后的《草叶集》第二版出版时，惠特曼特意把这封信的全文刊在封底，向这位曾经如此赏识他的老前辈致敬。

1861年，美国南北战争爆发。内战期间，诗人自请到纽约百汇医院做看护，后来又在华盛顿的军医院里服务。他全心护理伤病的兵士，劳累过度，以致健康受损。他充当护士将近两年的时间中，护理了约有十万的士兵，有许多士兵后来还一直和他保持联系。

内战结束后，1865 年，惠特曼自费发表了反映内战的诗篇《桴鼓集》。几个月后，他又出版了一本续集，其中就包括悼念林肯的名篇《啊，船长，我的船长》。

由于内战时辛劳过度，惠特曼于 1873 年患半身不遂症，迁居新泽西州卡姆登养病，在病榻上挨过了近二十年。

病榻之中，他仍坚持创作。如这首诗：

那时，坚定地进入港口，

在经历了长期的冒险之后，衰老而疲惫，

饱经风浪的袭击，因多次战斗而破损，

原来的风帆都不见了，置换了，或几经修理，

最后，我仅仅看到那船的美。

《船的美》这首诗作于 1876 年，很容易让人想起《老人与海》，那样悲壮而倔强，闪现着永不屈服的人性之光。

1892 年 3 月 26 日，惠特曼在卡姆登病逝。

惠特曼的一生，是在孤独中度过的，但是，他并不感到孤寂。从他《美好的日子》里就能看出，他对自己的生活状态非常满足，充满了感恩。

不单是来自成功的爱情，

也不是来自财富、中年的显赫、政坛或战场上的胜利，

然而当生命衰老时，当一切骚乱的感情已经平静，

当绚丽、朦胧、宁静的彩霞笼罩傍晚的天空，

当身体洋溢着轻柔、丰满和安宁，犹如更清新更温馨的空气，

当白天呈现更柔和的光线，

完美无比的苹果终于熟透并懒洋洋地挂满枝头，

那才是最充满宁静和愉快的日子，

才是深思、幸福、美好的日子。

　　他是这样一个人，沉浸于一个自由理想的世界。"屋里、室内充满了芳香，书架也挤满了芳香，我自己呼吸了香味，认识了它也喜欢它"，那样纷扰的生活中，他还是能够"俯身悠然观察着一片夏日的草叶"。终其一生，他独自生活着，直到离开他眷念不已的世界。

不装防盗窗的国度

卢志容

在泰国巴堤雅观光的时候，我们下榻在一家四星级宾馆。这个宾馆条件不错，设施齐全，院内绿树成荫，环境幽雅。我和一个朋友被安排在底楼的一个房间住宿。当就寝前我去关窗户的时候，不由得一怔，突然发现，这么大的窗户竟然没安装防盗栅栏，也就是说，这个窗户是毫无遮拦的。探出身子察看，窗外是一片绿化带，前面有一条甬道，往左看，是一幢大楼，右前方便是宾馆的大门，没有围墙，一排绿色灌木代替了围墙。再走出去仔细观察，发现不仅是我们这个房间没有防盗窗，其他所有房间和工作间也没有任何防范设施。

回到房间，心里觉得很不踏实，便唤来服务员，提出我们的疑虑。服务员是个泰籍华人，汉语说得不错。他说他们这里都不用那东西，叫我们尽管放心休息，不必担心，很安全的。他看我们仍然有点忧虑，就说：“没有关系的，这里日夜有保安值班，先生们安心睡觉好了，有事随时拨打我们的电话。”临走时，他又说：“要不这样吧，今天晚上你们先将就一下，明天我想办法给你们换个房间，住到楼上去。”说着，就过来替我们关好门窗，打开空调，道了晚安就离开了。

服务员的解释虽然使我们宽心了一些，可这一夜我们俩还是没有睡好，老觉得心里有点儿虚，躺在床上都在想着一个同样的问题：在这异国他乡，人地生疏，假如到了后半夜，从这个只有半人高的窗台上跨进几个坏人来怎

么办？

好容易熬到天亮。幸好，一夜无事。清早，我们特地到大街小巷去转了一圈，居然没有发现一户安装防盗窗的人家，令我们大开眼界。后来的一些日子里，我们再没有要求服务员给我们换房间，直到离开这个城市。看来泰国人是没有用防盗窗的习惯。

听人说，不只是泰国人，好些外国人都没有用防盗窗的习惯。后来果然在报上看到这样一则报道，说的是有一对中国夫妇在挪威买了一幢房子，为了安全起见，他们准备在四周的窗户上装上防盗铁栅栏。不料此事却遭到当地警察局和旅游局的干涉，两部门派人上门劝阻，理由是：一、这里很安全，没有人家在窗户上安装铁栅栏，你们执意要装，意味着你们对我们警察的治安能力不信任，我们感到很不安；二、如果安上铁栅栏，就与周围幽雅的环境不谐调，就破坏了自然景观的和谐，所以请你们打消装铁栅栏的想法。

来人说得虽然有道理，可夫妇二人还是觉得不装铁栅栏心里不踏实。旅游局管理员说，如果你们仍然坚持要装，我们也无话可说，不过我们会按照有关规定，每月按时来收取三十欧元的风景障碍费，你们愿意出这笔费用吗？结果，考虑再三，这对夫妇终于还是放弃了装防盗窗的打算。

其实，我们过去并没有装防盗窗的习惯，而且古时还曾有过"夜不闭户，路不拾遗，民不妄取"的太平景象。装防盗窗是后来才慢慢兴起的，起先是用细木条，楼下用，楼上不用。再后来，木条换成了钢筋，又换成铝合金，再换成不锈钢。如今已经没有几家不装防盗窗了，防盗窗的作用也已经不只是防盗，它还是一种设计精美的装饰品（有些地方还给它起了一些儒雅时尚的名字，叫美容窗、装饰栏、安全窗等）。好多住户的防盗窗是从一楼装到顶楼的，据说是被楼下"逼"的，你若不装，楼下的栅栏就正好成了窃贼进入你家窗户的阶梯，所以只好装了，于是便一直装到了顶楼。

我想，那些国家的居民没有安装防盗窗的习惯，固然与当地政府有关部门长期以来的精心管理有着密切关系，但最主要的可能还是因为那些国家相

对来说社会稳定、百姓富足、民风淳朴。他们正在朝着我们的古人所赞颂的人际关系中互不设防的美好境界迈进！

　　每天清晨，当我们迎着曙光打开窗户的时候，首先映入我们眼帘的，不是密密麻麻的金属格子，而是扑面而来的清新空气和一览无余的绿色世界，那将是一种多么美丽的意境啊！

做人当有正能量

邹凡丽

小时候，听我妈说，快乐的人是太阳，照到哪里哪里亮；悲观的人是月亮，初一、十五不一样。她说，快乐的人，会感染身边的人，带来积极的影响；而悲观的人，天下本无事，庸人自扰之，还害得周围人也跟着不开心。

我们单位团购买房，一位同事长吁短叹："唉，这背了一身债，何日才能还清啊？"那紧锁的眉头，紧张兮兮的表情，让我的心也跟着揪了起来，是啊，我也是背了一身债，我怎么办啊？不觉愁自心来，越想越郁闷。

遇见另一同事，倒是高高兴兴："哈，我们终于跨入了房奴一族，大不了以后少买衣服，多写稿件，多拉广告，想想明年就有新房子住，咱们老百姓啊，今儿个真高兴！"说着说着，她喜上眉梢地歌腔戏舞。她的情绪感染了我，对啊，没有压力哪来动力，买了新房子，还能促使自己变得勤劳敬业。我瞬间高兴起来。

有一种人，无论什么时候，他都活得生机勃勃、斗志昂扬，和他在一起，你会觉得自己也跟着鲜亮起来，哪怕是再麻烦的事情，不过兵来将挡，水来土掩，问题都不再是问题，他潜移默化地影响着你，为你提供源源不断的正能量。

有一种人，听到电话铃响，是他的号码，你便会无来由地心惊胆寒，因为你潜意识里害怕听他的电话，害怕又有什么不好的事情，和这种人在一起，

如果气场不是很强大，很容易被他的负能量拖入悲伤的沼泽地。

做一个拥有正能量，并能传递正能量的人，用积极的心态去享受生活的种种，不仅自己快快乐乐，也可以给朋友带去好心情，何乐而不为呢！

距离之美

邹凡丽

送孩子去太原上学，顺道去了平遥古城。

古城墙内部由泥土夯实，外部全部砖砌。城墙每隔一小段距离，总有一条青砖镶嵌的凹槽，从城墙顶直通墙底，这些凹槽将城墙分成了一段段。导游说："城墙立了两千七百多年完好无损，这凹槽功不可没。春夏秋冬，热胀冷缩，有了凹槽的距离，城墙缩放自如；下雨时，城墙上的水顺着槽沟流下来，及时保护了墙体不被雨水侵蚀冲刷。"

孩子和导游聊得热火朝天："是啊，物理课上，老师告诉我们，一般物体都有热胀冷缩的性质，为了防止热胀冷缩造成破坏，物体之间，都要有安全距离。铁轨之间要留点间隙，水泥马路上每隔一段要留点间隙，高压输电线也不能拉得很紧。"

物与物之间要有安全距离。其实想想，人与人之间，不也一样吗？再投缘，也得留一点空隙，才能彼此喘息。

爱人之间，距离是美丽。每个人的心灵深处都有一片不愿让人涉足的私密空间。有些事，不说出来，让它彻底尘封在心底就好。有人为了真诚而向爱人坦白，哪知不但没有增进了解，反而添加了误解，坦白成了伤人的利剑，伤的不仅是自己，还有家人。

家人之间，距离是和气。婆媳之间，距离太近，烦心的事儿就多。早晨七点，婆婆敲门叫吃早点；晚上十点，婆婆提醒得关空调。其实心里都明白，

婆婆是好意，叫吃早餐是怕饿着孩子，提醒关空调是怕冻着孩子，可这些好意，孩子或许并不领情，不如隔了距离的好。

朋友之间，距离是爱护。淡如水的友情更长久、坚定。不要过分地关心朋友，也不要太详细地去了解朋友，彼此间太了解了，就几乎成了透明人，你的优点缺点、你的爱好、你的软肋……朋友都一清二楚，所以过于亲密的人产生矛盾的概率比一般人都高，不错的朋友常常因不起眼的琐事反目成仇。

同事之间，距离是尊重。有距离的相处，才能轻松自如，合作愉快。预算合同要收好，工资奖金要保密，策划方案要当心，是否跳槽也要严锁消息，如果不慎露出了蛛丝马迹，活该自己倒霉。我去日本时，发现所有的咖啡厅、快餐店等，椅子全都朝一个方向一字儿排开。为什么都要对着别人的后背？在日本住了多年的朋友告诉我，在这里吃饭的，一般都是上班族，同事之间，得保持距离。

陌生人之间，距离是礼貌。对陌生人，我们都有防范心理。最聪明的导购员，一定不会没有距离地粘着刚进门的顾客。陌生导购员的热情，会让人反感，会起到适得其反的效果。如果一个导购员过于热情，你一定会猜想这件商品她能拿多少回扣，所以你会更加对那商品敬而远之。

距离产生美，不必靠太近，不必离太远，一个转身的距离就好。

让放学提早一小时

蔡燕

2012年2月，古巴圣地亚哥省省长罗兰多·耶罗·加西亚突然发布了一条行政命令：把学生放学的时间提早一个小时。

虽然只是短短的一个小时，但是依然引起了社会各界的强烈抗议。因为这个时间的变动给很多行业都带来了冲击。冲击最大的是当地的零售业，就因提前一小时放学，学校附近的商铺也相应地缩短了营业时间，从而减少了营业利润。学校的老师感到不解，学生的职责是来学校学习的，提早一个小时放学，那么学生在校的时间少了，自由时间就多了，可能因此而涣散，会不利于学生的成长，更不利于学校的管理。因提前一小时放学，各地的公交车管理中心要调整其公交班次，并采取相应的措施，以应对提前到来的客流高峰。

该行政命令修改时间以前，圣地亚哥学生的作息时间是到下午六点。因学生家离学校距离各有不同，距离较远的学生，回家到时就已经天黑了。因路途较远且又没有路灯，不少同学不得不随身携带着手电筒上学、放学，给出行带来极大的不便。

一个读初一的学生怀着期待给省长罗兰多·耶罗·加西亚写了一封长信。他在信中说，由于很晚才放学，他每天必须带着手电筒赶夜路，都很久没仔细欣赏美丽的明月了。他说，他最大的梦想就是吃完晚饭后，邀几个朋友一起赏月谈心，这样，他每一天都可以伴着明月入眠。他说，这并不是他一个

人的心声，而是和他一样有梦想有追求的同学的心声。他希望省长罗兰多·耶罗·加西亚能帮助他们实现这个小小的梦想。

孩子的来信，深深震撼了罗兰多。他亲自跑到孩子所在的学校，陪这个孩子一同回家，等他们到家时，已经是晚上八点半。罗兰多这时感觉是又累又饿，别说散步赏月了，就连多动一下都不愿意。通过调查，像这种情况比比皆是，大多数孩子放学后饿着回家，这不仅影响到了孩子身体的正常发育，还严重制约了孩子的兴趣发展。

这让罗兰多做出了一个惊人的决定：让学生提早一个小时放学。这个决定有人支持，但更多的人惊讶，因为罗兰多颠覆了几十年的教育传统，有人说他疯了，更有人骂他是历史的罪人。

"我不介意别人指责我是历史的罪人，我认为这是一种改革，是改革总会有人说三道四的。"罗兰多在接受媒体采访时说，"提早一个小时放假，就能让学生们早点儿回家吃饭，还有时间去放松一下，培养自己的兴趣爱好，这可是功在万代的好事。"